[丛书]

紫韵闲吟集
ZIYUN XIANYINJI

◎ 阮莲芬 著

中国书籍出版社
China Book Press

图书在版编目（CIP）数据

紫韵闲吟集 / 阮莲芬著. -- 北京：中国书籍出版社，2023.9

（黄河诗阵丛书）

ISBN 978-7-5068-9594-1

Ⅰ.①紫… Ⅱ.①阮… Ⅲ.①诗集–中国–当代 Ⅳ.①I227

中国国家版本馆CIP数据核字（2023）第179951号

紫韵闲吟集

阮莲芬　著

责任编辑	王志刚
责任印制	孙马飞　马　芝
封面设计	李中安
出版发行	中国书籍出版社
地　　址	北京市丰台区三路居路97号（邮编：100073）
电　　话	（010）52257143（总编室）　（010）52257140（发行部）
电子邮箱	eo@chinabp.com.cn
经　　销	全国新华书店
印　　刷	兰州银声印务有限公司
开　　本	787毫米×1092毫米　1/16
字　　数	2223千字
印　　张	193.5
版　　次	2023年9月第1版　2023年9月第1次印刷
书　　号	ISBN 978-7-5068-9594-1
定　　价	480.00元（全10册）

版权所有　翻印必究

总序

张平生

　　万古黄河，导夫昆仑之麓，通乎星宿之源；迢迢九派，落落千秋，珠怀龙啸，风流环宇。晴光淑气，倩诗家椽笔，情抒黄河，绮霞浮彩。伴着滔滔河声，闻着浓郁果香，《黄河诗阵丛书》即将付梓。

　　结社黄河，诗朋荟萃，以诗成阵。为贯彻落实习近平总书记关于黄河流域生态保护和高质量发展重要论述精神，深入挖掘黄河文化蕴含的时代价值，讲黄河故事，延续历史文脉，坚定文化自信，为实现中华民族伟大复兴的中国梦凝聚精神力量，用中华诗词之妙笔，奏响"黄河大合唱"的时代强音。

　　黄河，是中华民族的母亲河。九曲黄河，奔腾向前，以百折不挠的磅礴气势，塑造了中华民族自强不息的民族品格，是中华民族坚定文化自信的重要根基，是中华文化的重要元素。上善若水，文明与河流是密切相关的。世界上最大的文明产生地都与河流密切相关。黄河在我国流经九省区，全长5464公里，流域面积约752443平方公里。早在上古时期，炎黄二帝的传说就产生于黄河流域。在我国五千多年文明史上，黄河流域有三千多年是全国政治、经济、文化中心，它孕育了河湟文化、河洛文化、关中文化、三晋文化、齐鲁文化等，诞生了"四大发明"和《诗经》《老子》《史记》等经典著作，留下了无与伦比的文化积淀。

中华民族自古以来是诗的国度、诗的沃土，从"蒹葭苍苍，白露为霜"，到"大漠孤烟，长河落日"；从"雄关漫道"，到"六盘山上高峰"，长城迤逦，雄关巍峨，"西北有高楼"，阳关多故人。千百年间，对黄河之赞美，咏潮迭起，佳作浩繁，蔚为大观。黄河落天走东海，万里写入胸怀间。在黄河涛声孕育之中，千百年来留下无数荡气回肠的诗篇。神州诗人兴起，四海词骚蔚然。《黄河诗阵丛书》挟时代浪潮，深情讴歌黄河文化蕴含的时代价值，为黄河流域生态文明建设和高质量发展助力。吟肩结阵，鸾凤和鸣；结社耕耘，风雅颂扬；登坛贡赋，珍珠万斛。沉潜韵海，多发清越之声；寄意风韵，更赋壮遒之词。

编辑出版《黄河诗阵丛书》，以古典诗、词、曲、赋、联的形式，大视域、全流域反映黄河自然、人文特色，谱写出新时代人民治黄事业的全新篇章，影响必将遍及黄河流域，并辐射至神州大地甚至海外。万首高吟兮堪入画图，百年佳景恰逢金秋。这不仅是黄河文化建设者的骄傲，更是黄河文化在当代继承发扬光大的重要标志。

弘扬黄河精神，传承黄河文化，讲述黄河故事，反映黄河新声。以诗词讴歌中华民族治黄事业的历史新境界,谱写黄河在中华民族发展新时代的辉煌乐章,是保护、传承、弘扬黄河文化的重要举措。回望万古黄河,壮美磅礴是民族品格;平视当今世界,百折不挠是华夏写照。华夏子孙对黄河的感情,正如胎记一般地不可磨灭。

诗自芳春连暮雪,友从青藏到东营。乾坤四季,万里疆域,无不充盈诗情画意,友情祝愿。"逝者如斯夫,不舍昼夜。"万古黄河静静流淌,以《诗经》无邪之音,高唱中华文化之博大精深,阳刚正气。诗人词家之脉搏,同母亲河之脉搏一起跳动,那是绵延不断的民族颂歌。中华民族秉黄河精神,奋斗不息,意气风发。诗家当有大情怀,珍惜人生,牢记初心。抑工部之高节,抒青莲之胸臆,咏盛世之辉煌,颂人间之美好。五千里外沧桑,九转峰头岁月。歌随波涛涌,诗流日月边。吟啸一曲,黄河梦远。此时无限意,再逐雨花天。

"龙文百斛鼎,笔力可独扛",千古江山还要文心滋养。"没有优秀历史传统,没有民族人文精神,一个国家、一个民族,不打就垮。"这就是文化的力量。无论阳春白雪,抑或下里巴人,诗人们挺直脊梁,尽管身如草芥,仍然傲立于天地间,"苔花如米小,也学牡丹开"。仰观俯察,吐曜含章,把一腔情怀付诸笔端,发言为文为诗,不仅为人民群众留下了温润心灵、启迪心智、喜闻乐见的优秀作品,还彰显了中华传统文化的魅力,极大丰富、不断拓展着传统文化艺术的内涵。更让自然风光与诗文合璧，光华霁月与诗心交融，是诗人之幸，山川之幸，更是中华文化之幸。

"雄关漫道真如铁，而今迈步从头越。"今天，中华民族正在迎来从站起来、富起来到强起来的伟大飞跃。在这样一个全新的时代，诗歌担负的历史使命不言而喻，为诗歌开辟的创作空间更加广阔。"文章合为时而著，歌诗合为事而作"。 鲁迅曾说："无尽的远方，无数的人们，都与我有关。"幸逢中华民族伟大复兴的新时代，正期待着诗人们襟怀云水，兰台展卷，搜句裁章。弘扬主旋律，凝聚正能量，歌颂祖国，礼赞英雄，放歌新时代，咏颂真善美。

是为序。

作者简介

  阮莲芬,一位身经百战的乒乓球女运动员兼教练。她的诗既有运动员大刀阔斧的果敢与英勇,又有女诗人荡气回肠的委婉与温情。她的《题照》:"赋得牢骚易断肠,何妨一醉任疏狂。纵然风卷滔天浪,犹自船头唱大江。"若不说明,谁也想不到这首诗出自女诗人的笔下。她的《莲花》:"自是娉婷淡淡妆,迎风和露舞霓裳。不随桃李争春暖,独立寒塘送暗香。"两首风格绝然不同的诗作出自一人笔下。阮莲芬就是在这种豪放与婉约的大起大落中塑造自己的人格形象和诗歌个性的。

——转载自《甘肃地方文艺五十年》

  阮莲芬,女,毕业于北京体育大学,甘肃诗词学会副会长……爱好文学(诗词)艺术,长于研修,其作品以极为凝炼的笔墨,烘托出极为深邃的意境和深广的情蕴,突现了她对生活的深入观察和艺术把握。行文简洁犀利,想象奇特新颖,文字对仗工整,清娴淡雅幽香,语言质朴明达，刻画细致真切。无论是谋篇布局还是遣词用句，都显示了其娴熟的艺术功力，创造性地实现了景致与情怀、现实与历史的和谐统一，自然而然的从多种角度折射出馨香的品德和高洁的志向。抚今追昔、勇于创新，在创作实践中丰富和发展了新的理论，取得了丰硕的成果和宝贵的经验。撰写了多篇（首）具有较高学术研究价值的上等诗作或作品，在学术界引起了广泛关注。为有关部门和相关研究领域的专家学者提供了理论上的参考借鉴作用，为中国文学事业的繁荣和发展做出了突出贡献。

——转载自《中国知名专家学者词典》

目录

念奴娇·闻秋声有作 …………………………………… 001
题画诗 …………………………………………………… 001
浣溪沙·倚窗听雨（步沈祖棻原韵）………………… 004
鹧鸪天·诗心依旧（步沈祖棻原韵）………………… 005
江南行吟 ………………………………………………… 005
烛影摇红·重读《红楼梦》有感 ……………………… 006
鹧鸪天·赠友 …………………………………………… 006
鹧鸪天·游九色鹿园艺场 ……………………………… 007
沁园春·国庆 50 周年感赋 …………………………… 007
鹧鸪天·皋兰太平鼓 …………………………………… 008
八声甘州·重访皋兰 …………………………………… 008
有　赠 …………………………………………………… 008
复　友 …………………………………………………… 009
八声甘州·中秋赏月夜 ………………………………… 009
水调歌头·弄潮 ………………………………………… 010
水调歌头·黄河秋韵 …………………………………… 010
鹧鸪天·垂钓 …………………………………………… 011

步邝工吟长花甲抒怀韵	011
题丁女士国画《牡丹》	011
独爱白色人淡泊	012
贺高堂寿诞	012
小筵即兴	012
游牡丹园	013
旅游随记	014
凉州行（九首）	016
醉花阴·重阳夜秋游	018
无　题	019
贺钟医师行医45周年	019
辛巳年感怀并和袁老迎春曲韵	020
永登行（九首）	022
水调歌头·小园秋意	024
八声甘州·西行	024
水调歌头·游天池	025
袁志八十寿诞贺	025
滨河夜景	025
闲　吟	026
赏　花	026
一剪梅·银婚纪念日赠外子	027
无　题	027
鹧鸪天·闲吟	027
望海潮·红豆系千家	028
蝶恋花·红豆寄相思	028

咏物诗（六首）	029
秋　声	030
沁园春·秋意	031
秋游天池	031
浣溪沙·秋吟和袁老"香"韵	031
一剪梅·步袁老和俞曲园词	032
玉楼春·秋吟	033
归游即兴	034
访星汉教授	034
薇乐花园四咏	035
高阳台·芙蕖	036
鹊踏枝·感春	036
鹧鸪天·感怀	037
相见欢·闲吟	037
风入松·春游	037
柳梢青·对酌聊赠	038
锁寒窗·琪儿录取WTO班翻译专业感赋	038
曦华源景观	039
人月圆·中秋夜随笔	039
访书法家杨再春	039
同窗相聚	040
赠　友	040
沁园春·游记	041
乌夜啼·失眠之一	041
乌夜啼·失眠之二	041

题照周力军《晨曦的深圳》	042
鹧鸪天·情系鹏城	050
赠　友	051
鹧鸪天·《邓丽君画传》读后感赋	051
踏　雪	052
鹧鸪天·踏青	052
雅集闲赋	052
寄　赠	053
一剪梅·聚散两依依	053
无　题	054
读《无妄斋吟草》感赋	054
赏梅花图题赠	055
题宝云轩主《老梅图》	056
读《四清集》感赠	056
靖远行吟（十七首）	057
赠　友	060
临江仙·观雅典奥运会转播	061
缅怀常香玉	061
宁卧庄小兰亭雅集	062
浪淘沙·秋游小兰亭	062
鹧鸪天·静夜无寐	062
巫山一段云·闲吟	063
赠　友	063
贺张先生诗词曲联书法展	064
陇西行	064

水调歌头·陇西秋游仁寿山 …………………………… 064
十二生肖杂咏 …………………………………………… 065
虞美人·秋夜听雨 ………………………………………… 067
鹧鸪天·感怀 ……………………………………………… 067
高堂88诞辰 ……………………………………………… 067
北京老舍茶馆小憩 ……………………………………… 068
虞美人·寄远 ……………………………………………… 068
读王国钦《物语组诗》步韵和之 ……………………… 069
貂裘换酒·寄远 …………………………………………… 072
暮雪（二首）……………………………………………… 073
无题（四首）……………………………………………… 073
观朝拜有感（二首）……………………………………… 074
获"诚信杯"乒赛女单冠军有感 ………………………… 075
沁园春·黄河吟 …………………………………………… 075
八声甘州·人在凡尘 ……………………………………… 076
和友原玉（三首）………………………………………… 076
步星汉诗兄《白丁香花》韵 …………………………… 077
如梦令·又见花飞 ………………………………………… 077
凤凰台上忆吹箫·秋怀 …………………………………… 077
南北两山绿化区采风（十六首）………………………… 078
游黄河石林（八首）……………………………………… 081
烛影摇红·秋吟 …………………………………………… 082
致星汉教授 ……………………………………………… 083
龙　吟 …………………………………………………… 083
八声甘州·中秋夜步柳永韵 ……………………………… 083

游览白银平川区（九首）	084
无题	086
蝶恋花·神州六号发射成功有感	086
自遣	086
什川游梨园（三首）	087
纪念红军长征胜利70周年会宁行（九首）	088
念奴娇·凭窗听雨	090
琪儿赴澳洲读研送别（六首）	090
鹧鸪天·又辞旧岁	091
题照	092
宁卧庄雅聚	092
宁卧庄游春	092
宁卧庄春晚	093
宁卧庄牡丹初谢	093
鹧鸪天·宁卧庄漫步	093
获全国职工乒乓球大赛女单名次戏题	094
丁亥重阳	094
偶得闲情	094
怀远秋日作	095
读史有感	095
题照	095
痛别老父亲	096
祭父	096
生日作	096
清明立碑祭父（十首）	097

扫　墓	099
鹧鸪天·感怀	099
林园偶遇（六首）	100
蝶恋花·惜春	101
鹧鸪天·汶川地震有感	101
沁园春·游兰州龙源闲吟	101
步星汉《神七问天》原韵	102
赴临洮参加"中华诗词之乡"授牌仪式	102
沁园春·西部风光	102
无　题	103
清明祭父	103
行香子·郊游	103
游览兰州植物园	104
减字木兰花·独步	106
莲花山	106
吧咪山	106
获第一届全国老年乒乓球赛女子单打银牌有感	107
水调歌头·获首届全国老年乒乓球赛团体金牌感赋	107
观看国庆60周年庆典	107
如梦令·秋游	108
一络索·赏菊	108
重阳有怀	108
沁园春·秋游滨河路	109
沁园春·致甘肃省教育促进会	109
清明祭父	110

悼念袁第锐先生	111
闻舟曲遭遇泥石流有作	112
兰州牛肉面	112
楚霸王	112
闲　吟	113
访刘家峡水电站	114
读《把姓广谱》有感	116
无　题	116
辛卯开岁和诗	117
赠赵扶正、王翠霞医师	117
贺胡志毅先生诗集付梓	118
惜　春	118
四季吟	118
贺甘肃省诗词学会第四届代表大会召开	119
参观部队军史馆	120
观军史馆烈士栏	120
宴中观文艺战士演出	120
部队文化活动室小憩	120
时间（和友韵）	121
壬辰年和诗	121
咏春（和友韵）	121
和宋主席《玩电脑》原韵	122
学习雷锋50周年有感	122
清明祭父	122
闲　居	123

端午戏题	124
游兰州水车园	124
观黄河羊皮筏	124
参观白塔山秦腔馆	125
鹧鸪天·过黄河桥	125
赏《当代名家墨宝》缅怀薛德元先生	125
念奴娇·又闻秋声	126
鹧鸪天·咏黄河	126
贺党的十八次全国代表大会召开	127
鹧鸪天·缅怀黄汉卿先生	128
鹧鸪天·秋游	128
鹧鸪天·收书法致谢兰宇先生	128
落花	129
读《路在脚下》有赠	129
鹧鸪天·赠王校长、李老师伉俪	129
贺《御心集》发行步姚先生韵	130
和传明友《咏菊》步原韵	130
答赠	131
赠何延忠先生	131
沁园春·观"沙漠都江堰"展	132
袁老逝世3周年祭	132
毛泽东诞辰120周年感赋	133
赏海棠	133
癸巳贺春寄语	133
答友	134

青玉案·春游 …………………………………………… 134

游白塔山 ……………………………………………… 134

和袁老《访古琴台》原韵 …………………………… 135

驾高尔夫球车游华彬庄园 …………………………… 136

高尔夫球场小憩 ……………………………………… 136

一行六人骑双人自行车游园 ………………………… 136

琪儿喜筵即兴 ………………………………………… 137

神州十号升空 ………………………………………… 137

永登武胜驿镇采风 …………………………………… 138

八声甘州·登鱼龙山俯瞰远村 ……………………… 140

鹧鸪天·闻岷县等地遭遇地震有感 ………………… 140

北京龙脉温泉度假村20周年庆典贺（藏头诗）…… 141

收英国皇家艺术研究院授荣誉院士、客座教授有感 ……… 141

步毛泽东《有所思》原玉，以纪伟人诞辰120周年
……………………………………………………… 142

参加陈田贵先生诗词研究会 ………………………… 142

鹧鸪天·贺甘肃省诗词学会青年委员会成立 ……… 142

鹧鸪天·贺《行吟集》付梓 ………………………… 143

鹧鸪天·纪念陶渊明诞辰1650年 …………………… 143

清明祭父 ……………………………………………… 143

赞女兵仪仗队和诗友原韵 …………………………… 144

赠沈阳军区大连疗养院李院长 ……………………… 144

中国梦 ………………………………………………… 144

忆"九一八"事变 …………………………………… 145

忆南京大屠杀 ………………………………………… 145

忆抗战岁月	145
观海防演习有感	146
荧屏观伊拉克战乱	146
荧屏观纪念诺曼底登陆70周年	146
水调歌头·纪念孔子诞辰2565年	147
赠　友	147
缅怀张雅琴	148
观"第二十三届中国金鸡、百花电影节颁奖典礼"有感	148
清平乐·秋思	148
读《有缘乒乓六十年》有感	149
秋　情	149
荧屏观珠海航展空军八一飞行表演队	150
俄罗斯勇士队	150
阿联酋骑士队	150
民间飞行表演队	150
退休抒怀	151
观西域隐士晨练	151
失　眠	151
感　怀	152
永遇乐·秋兴	153
荧屏观北京打工族家居报道有作	153
无　题	154
赠　友	154
赠兰州通备武学发展研究会	154

八声甘州·赠兰州通备武学发展研究会	155
《师之荣》续后有感	155
缅怀著名植物学家刘慎谔先生	157
一丛花·春日感怀	157
无题四绝句	158
蝶恋花·生日闲吟	159
小专升职有感	159
失眠闲题	160
代外子祭	160
捣练子·祭父之一	160
霜天晓角·祭父之二	161
江城子·祭父之三	161
丝绸之路忆旧怀今	161
甘肃土特产	164
春游	165
赴苏州参加中国乒乓球协会会员联赛总决赛之余畅游江南感赋	166
鹧鸪天·江南游感怀（二首）	167
乙未年初夏缅怀袁第锐先生	167
阖家赴天津与外子四十年前的老战友聚会即兴	168
父母爱如山	168
少年游·长城（二首）	169
初学微信即兴	169
贺党的生日	170
鹧鸪天·贺建党九十四周年	170

浪淘沙·戏题	171
悼聚川先生	171
巫山一段云·郊游	172
醉花阴·郊游	172
蝶恋花·郊游	172
悼东方之星游船沉没	173
浣溪沙·闲吟	173
出行难	173
卜算子·闲吟	174
农家乐小聚	174
蜗牛	174
纪念抗日战争胜利70周年	175
浪淘沙·游秦皇岛	176
莫斯科餐厅小聚	176
参加全国老年乒乓球赛后即兴	176
街行	177
贺金昌诗词学会成立	177
八声甘州·岷山论剑	177
贺冬奥会申请成功	178
绢花	178
鹧鸪天·咏水	178
浪淘沙·客途秋恨	179
和宋主席《逛书摊》原韵	179
贺中华诗词学会第四次代表大会胜利召开，步马凯副总理原韵	179

贺张克复会长当选中华诗词学会副会长	180
微　信	180
屏幕观纪念抗战胜利70周年阅兵仪式有感	180
虞美人·中秋	182
动物园闲吟	183
游石佛沟	184
和友赠诗	184
夕　阳	184
荧屏观难民潮	185
屏幕观候鸟迁徙	185
昙　花	185
鹧鸪天·秋吟	186
鹧鸪天·闲吟	186
参赛即兴	186
游兰州天斧纱宫	187
无　题	189
浣溪沙·赴舟山参赛途中	189
临屏观赏黄山	189
八声甘州·多地空气污染橙色预警有感	190
浣溪沙·失眠闲吟	190
贺《月光煮酒》付梓	190
浣溪沙·腊梅	191
报　春	191
老爸祭日	191
无　题	192

虞美人·春	192
八声甘州·陇原放歌	193
青玉案·贺甘肃省庆阳市诗词学会成立	193
贺中华诗词白银"青春诗会"召开	194
清明扫墓	194
春游	195
春日偶成	195
一剪梅·晚春	195
丁香	196
养生功	196
题画	196
贺临洮县诗词学会成立20周年	197
贺白银市平川区诗词楹联家协会成立	197
无题	198
赴滨州参加"枣木杠杯"2016年全国老年人乒乓球交流感赋	198
赏雕朽斋篆刻感赋	199
赏听雪山房画	199
题照	200
无题	201
贺《白银日报》创刊30周年	201
无题	202
贺建党95周年	202
和李文朝会长"登麦积山"原韵	202
郭亮洞	203

闲　吟	203
水调歌头·南海风云	203
南海风云	204
庆祝"八一"建军节	204
忆唐山地震	204
贺2016里约奥运会开幕	205
奥运会中国乒乓球队囊括金牌有感	205
致奥运会夺冠的中国女排主教练郎平	205
缅怀伟大领袖毛泽东	206
题　画	206
秋	207
中秋待月	208
八声甘州·赴庆阳合水采风有作	208
赴庆阳采风	209
获得女团银牌有感	212
江南行	213
沁园春·三沙	214
鹧鸪天·闲赋	214
无　题	214
无　题	215
无　题	215
家父诞辰100周年缅怀	215
纪念毛泽东诞辰122周年	216
快乐乒乓	216
丁酉年步韵	216

鹧鸪天·赞"两相和·汤沟酒" …………………… 217
参加《艺乡》"诗星"评选获得323张投票有感 ………… 217
梅兰芳 …………………………………………………… 217
鹊踏枝·雨雪夜无眠 …………………………………… 218
金缕曲·心有灵犀否 …………………………………… 218
贺《甘肃省诗词学会》在全省社会组织评估中获3A（AAA）
　　等级证书 …………………………………………… 219
金城初雪 ………………………………………………… 219
某著名文化学者专题讲座印记（步"听风"韵）………… 219
春　晓 …………………………………………………… 220
鹧鸪天·观省诗词学会会员著作一览感赋 …………… 220
纪念毛主席题词"向雷锋同志学习"54周年 ………… 220
荧屏播"诗词大会"有感 ……………………………… 221
贺家慈88岁生日 ……………………………………… 221
缅怀张良、金安秀伉俪 ………………………………… 222
致著名中医师薛理萍女士 ……………………………… 223
春　游 …………………………………………………… 223
浣溪沙·应天香儿邀宴有作 …………………………… 224
清明祭父 ………………………………………………… 224
桃园忆故人·滨河初春 ………………………………… 224
赴赛途中致吉林球友郭晓华女士 ……………………… 225
赞国人乒乓情结 ………………………………………… 225
春　寒 …………………………………………………… 225
无　题 …………………………………………………… 226
贺白银市诗词楹联家协会成立8周年 ………………… 226

缅　怀	226
滨河路春游	227
甘肃省诗词学会成立35周年感赋	227
浣溪沙·观越剧《藏书之家》有感	228
无　题	228
孟紫玥剪影	229
如梦令·堵车	229
蒲公英	229
罂粟花	230
住院闲吟	230
采桑子·牡丹园念语	231
太常引·寄远	231
如梦令·归晚	231
和宋会长"鸟儿笑语"原韵	232
问医有感	232
采桑子·隔窗听雨	232
贺建党96周年	233
颂屈吴禅酒	233
迁　居	233
无　题	234
小　聚	234
贺甘肃省诗词学会成立36周年	235
避　暑	235
无　题	235
赏　花	236

无　题	236
立　秋	236
秋　雨	237
九寨沟地震	237
鹧鸪天·秋吟	237
读诗有感	238
狗尾巴草	238
凤凰台上忆吹箫·秋怀	238
新居听雨	239
吟　秋	239
蛰居闲吟	239
悼念毛泽东逝世 41 周年	240
秋　韵	240
浣溪沙·观剧《藏书之家》有作	241
教师节有赠	241
生查子·感秋	241
贺森林二队获全国乒协会员联赛甘南赛区女团冠军	242
秋夕感怀	242
鹧鸪天·诗意人生	242
龙脉度假游	243
寄　语	243
无　题	243
寄情山水	244
写诗宜少而精	244
临江仙·长城	244

无　题	245
临江仙·读诗词创作怪现状有感	245
秋　祭	245
水调歌头·游香山	246
读诗有感	246
同是读诗不同读感	246
赠老妈	247
无　题	247
虞美人·时逢大雪	247
赠"森林俱乐部"总教练王森林	248
鹧鸪天·代表森林俱乐部参加中乒协会员联赛有感	248
无　题	248
先严冥诞101年祭	249
无　题	249
有感周力军京剧系列图片展	249
水调歌头·闲吟	250
无　题	250
无　题	251
无　题	251
冰花男孩	251
题　照	252
高枕无眠	252
京城无雪	252
蓝血月奇景	253
天一阁	253

春节即兴	253
归途偶题（嵌名诗）	254
月夜即兴	254
浣溪沙·元宵节	254
大美中华	255
春	255
蝶恋花·吟春	255
清明扫	256
读诗即兴	256
吟　玩	256
寒食节	257
八声甘州·踏青	257
听雨偶成	257
观《中国诗词大会》感赋	258
雨袭兰州	258
寄　远	258
通备隐士收徒仪式题记	259
无　题	259
瑰丽中文	259
夏至有怀	260
贺中国乒乓球队获世乒赛男女团体冠军	260
静夜戏作	260
题　照	261
诗词的女儿叶嘉莹	261
纪念周恩来总理诞辰120周年	261

观剑即兴 ………………………………………… 262

龙脉温泉 ………………………………………… 262

诗心可慰 ………………………………………… 262

鹧鸪天·改革开放 40 周年感怀（中华通韵）· 263

韵满南湖 ………………………………………… 263

沁园春·端午节 ………………………………… 264

张掖丹霞地貌 …………………………………… 264

八声甘州·壮吟新时代 ………………………… 265

长相思·闲吟 …………………………………… 265

静夜吟 …………………………………………… 265

靖远行 …………………………………………… 266

古笛新韵·行吟陇上 …………………………… 268

秋　诗 …………………………………………… 272

诉衷情·秋游 …………………………………… 272

应邀游览七里河区景点 ………………………… 272

中秋节 …………………………………………… 274

金　秋 …………………………………………… 274

【仙吕·一半儿】题小花椒周岁生日 ………… 275

秋　思 …………………………………………… 275

遥寄阳关 ………………………………………… 275

伴孙儿 …………………………………………… 276

沁园春·锦绣中华 ……………………………… 276

送寒衣 …………………………………………… 276

清平乐·闲吟 …………………………………… 277

偶翻旧作有感 …………………………………… 277

贺白银市诗词楹联家协会第三次会员代表大会暨
  靖远鹿鸣诗社成立一周年 ……………………… 277
茶 …………………………………………………… 278
无　题 ……………………………………………… 278
心　慵 ……………………………………………… 278
诉衷情·寄语台胞 ………………………………… 279
归　来 ……………………………………………… 279
鹧鸪天·闲吟 ……………………………………… 279
大　寒 ……………………………………………… 280
己亥初一拜年 ……………………………………… 280
家严仙逝11周年 …………………………………… 280
题　春 ……………………………………………… 280
闲　吟 ……………………………………………… 281
悼念蔡厚示先生 …………………………………… 281
春　结 ……………………………………………… 282
赞中医 ……………………………………………… 282
蝶恋花·踏春 ……………………………………… 282
祭　父 ……………………………………………… 283
梦幻凉州 …………………………………………… 283
赞"四君子酒"暨诗酒文化与"一带一路" …… 283
遵医嘱服药感怀 …………………………………… 284
鹧鸪天·题画 ……………………………………… 284
凉山火灾数十名消防战士殉职诗以祭之： ……… 284
感巴黎圣母院失火 ………………………………… 285
就医有感 …………………………………………… 285

鹧鸪天·贺马龙获世锦赛三连冠 285
一剪梅·散步 286
如梦令·夜吟 286
槐 花 286
月夜感吟 287
细雨送春 287
给耄耋之年的老妈 287
水调歌头·闲吟 288
贺武威市诗词楹联学会成立10周年 288
自遣游怀 289
西江月·"墨耕杯"获1201票感赋 289
题小花椒一岁半时游玩留照 290
武陵春·芍药花 290
致球友 291
有感文坛乱象 291
人生如茶 291
戒 茶 292
戒咖啡 292
伫望黄河 292
看 河 293
林风眠 293
忆 昔 293
题周力军京剧系列图展 294
赴临洮参加甘肃省诗词学会第五届会员代表大会 294
清平乐·己亥小雪同聚滴水崖步平生诗友原玉 298

念奴娇·读词偶作	298
游芳草园欲赏菊花无果	298
诗史堪怜咏絮才	299
诗史留名日月长	301
卜算子·咏柳	307
鹧鸪天·觅春	308
永遇乐·秋吟	308
鹊踏枝·家父逝世12周年祭	309
袁第锐先生逝世10周年感赋	309
除　夕	309
全民抗疫	310
自　遣	313
感群鸭灭蝗灾	313
继续宅在家里过"三八"	313
祝老妈90周岁生日快乐	314
鹧鸪天·袁第锐先生逝世10周年缅怀	314
题照　步王安石《赠外孙》原韵	314
清明祭父	315
小院暮春	315
水调歌头·神游宕昌山湾梦谷	316
题　图	316
山湾梦谷晨烟题照	316
红楼一梦	317
鹧鸪天·神往张家界	317
夏	317

鹧鸪天·闲吟	318
浣溪沙·雨夜吟	318
雨　夜	318
历史人物	319
观航拍黄山即兴	321
应朱会长邀请与诗友雅聚	321
沉痛悼念高财庭副会长	322
无　题	322
鹧鸪天·静夜感怀	323
夜　吟	323
无　题	323
赏读吴老《五泉公园花卉展即兴》有感	324
父亲节致天下所有的慈父	324
踏莎行·题狼牙山	324
端午节遥诵屈子	325
夜　怀	327
鹧鸪天·咏猴子掰玉米	327
土豆花	327
无　题	328
小　草	328
走进青城	328
题　图	331
叶嘉莹	333
沈祖棻	334
诗与远方	334

陇原秋韵	335
黄河源头	336
题图诗	336
通备系列	339
孟秋重访青城	342
祝贺《玉门关诗词》出版	344
向日葵	344
秋　吟	345
世人皆睡我独醒	345
初识通渭	345
兰山雅集	346
中秋夜吟	347
水调歌头·黄河楼	347
咏　菊	347
贺皋兰县诗词学会成立	348
贺临夏州诗词学会成立	348
晚　秋	348
题菊花	349
采桑子·重阳	349
卜算子·重阳雅聚	349
重阳雅聚（二首）	350
题　照	350
题　图	351
霜天晓角·小雪	351
鹧鸪天·最美中文	351

索　居	352
鹧鸪天·风雨又一年	352
寄　语	352
百年红船	353
沁园春·贺党的百年生日	353
春　晓	353
漏夜随记	354
养花即兴	354
南怀谨·一代大师未远行读后	354
鹧鸪天·诗词的女儿叶嘉莹	355
致边防军人	355
元宵节有念	355
金城卫士	356
3.8 节致母亲	356
兰州沙尘暴	356
天净沙·心尘	357
春　色	357
清明有怀	357
写　照	358
通备隐士收徒仪式题记	358
鹧鸪天·秋吟	358
鹧鸪天·偶赋	359
鹧鸪天·秋吟	359
鹧鸪天·闲吟	359
牡　丹	360

鹧鸪天·漏夜独吟（三首）	360
挽袁隆平院士	361
悼吴孟超院士	361
如梦令·落槐	361
如梦令·梦往神游	362
无题	362
赏微友发"兰州夜景"又起"故园情"	362
如梦令·忆旧致友	363
端午	363
题梅兰竹菊	363
遣兴	364
山行	364
北京至兰州途中	365
水调歌头·兰山赏金城夜景	365
郑州大雨成灾	366
谢吴会长邀聚湘水楼	366
接风有作	366
老友相聚	367
球友小聚	367
沁园春·黄河颂	367
初秋	368
七夕小聚	368
贺《黄河诗社》成立暨《黄河诗阵》创刊	368
贺《黄河诗阵》公众号创刊	369
鹧鸪天·接"黄河诗社"成立暨《黄河诗阵》微刊创刊仪式	

邀请函有感 …………………………………… 369
应邀参加《黄河诗社》成立暨《黄河诗阵》创刊仪式有作
………………………………………………… 369

咏东营黄河入海口 …………………………… 370
情系黄河 ……………………………………… 370
凤凰台上忆吹箫·感秋 ……………………… 370
中秋节黄崖山雅集 …………………………… 371
秋　声 ………………………………………… 373
青城归兰途中观景 …………………………… 373
清秋夜吟 ……………………………………… 373
重阳闲吟 ……………………………………… 374
水调歌头·咏庐山 …………………………… 375
无　题 ………………………………………… 375
致奋战在"抗疫"一线的所有工作者 ………… 375
兰州全民战疫有感 …………………………… 376
鹧鸪天·炮击紫石英号军舰 ………………… 376
鹧鸪天·西柏坡 ……………………………… 376
贺党的十九届六中全会闭幕 ………………… 377
兰州解封 ……………………………………… 377
宋庆龄 ………………………………………… 377
感　怀 ………………………………………… 378
八声甘州·彩虹张掖 ………………………… 378
冬　至 ………………………………………… 379
唯诗难弃 ……………………………………… 379
落日余晖 ……………………………………… 379

古城抗疫必胜	380
鹧鸪天·古都西安	380
一剪梅·咏黄河	380
随　吟	381
闲　题	381
一剪梅·庆新春	381
咏冬奥会	382
观冬奥会开幕式有感	382
观笼中虎有作	382
无　题	383
金城之春	383
蛰　居	386
清明祭父	387
题图诗	387
无　题	388
怀念中国女排原国手陈招娣	388
北京街头所见有感	388
贺第十一届恭王府海棠雅集	389
鹧鸪天·第十一届恭王府海棠雅集	389
鹧鸪天·浅茗闲吟	389
文化源头	390
题凤林山馆	390
题王水合先生书赠虎字	390
端午怀屈原	391
端午节雅集	391

酒泉之行	391
鹧鸪天·初访红泥苑	392
无　题	392
鲁冰花	392
牡　丹	393
黄　河	393
栖云田园小镇漫游	393
忆　父	394
参加栖云小镇楹联暨花海诗遴选评审会有感	394
《黄河诗阵》1周年庆	395
咏西安城墙	395
中秋节闲吟	396
鹧鸪天·赞绿色宁夏	396
虞美人·秋日登高观景	396
鹧鸪天·清秋	397
蝶恋花·闲吟	397
贺党的二十大召开	397
秋　游	398
鹧鸪天·诗酒吟	398
蛰居信笔	398
无　题	399
蛰居闲吟	399
鹧鸪天·咏河津	400
题　照	400
鹧鸪天·咏兴化古镇	400

小年逢雪	401
居家闲吟	401
寄　赠	401
减字木兰花·诗词如歌	402
诉衷情·元宵节寄语	402
《青城诗词》微刊创刊1周年分韵"琴"字以贺	402
咏石榴	403
黄　河	403
黄　河	403
观雪景有感	404
"二月二龙抬头"应邀欢聚黄河风情园	404
惊　蛰	404
清明祭父	405
临江仙·春日闲吟	405
踏　青	405
忆与女儿同游杭州夜市	406
纪念毛泽东诞辰130周年	406
无　题	406
寄　远	407
福乐泉小聚	407
随　吟	408
致兰州北辰教育20周年校庆	408
端午随吟	408
鹧鸪天·端午节怀屈原	409
感古诗词之美	409

闲　吟	409
鹧鸪天·闲吟	410
贺北京体育大学七70周年校庆	410
致李枝葱会长	410
西江月·初访广河	411
参观齐家文化博物馆齐家文化遗址	411
沁园春·燕赵大地	411
踏　秋	412
紫韵闲吟集题后	412

念奴娇·闻秋声有作

一帘幽寂,望兰山缥缈,雾迷楼堞。几度芸窗秋色暮,又听寒蛩凄切。疏柳参差,蓬蒿深浅,萧瑟凝霜叶。晚来风起,陡惊檐下啼鴂。　　诗情更比秋浓,愧无奇句,偏是心痴绝。惟有天边星耿耿,长伴孤灯明灭。竹影梅魂,雪泥鸿爪,多少清吟惬。新词赋得,晓钟敲落晨月。

一九九八年十一月一日

题画诗

题《菊丛飞蝶图》

秋染菊丛金盏枝,芳期莫叹不逢时。
晚香飘溢花开处,引得蜂狂蝶亦痴。

题《芙蓉图》

写意春华绰约姿,娇颜羞靥点香脂。
婷婷玉立清新貌,恰似芙蓉出水时。

题《太液风荷图》

荷塘潋滟叶田田,紫燕低徊彩蝶旋。
出水芙蓉凝玉露,霓裳映日各芬妍。

题《夏卉骈芳图》

青毫濡墨点琼英，画得芳菲五彩呈。
何羡缤纷惊妙笔，当知花好自天生。

题《白海棠画》

自是冰清不斗妍，此花应属苑中仙。
卷藏一簇疑飞雪，缕缕清香画外传。

题《鸳鸯图》

鸳鸯戏水荡清波，雄唤雌随鸾凤和。
偕老无须盟海誓，真情更比世人多。

题《墨兰图》

初绽兰英吐淡香，清遐幽隽透孤芳。
无华古朴难争艳，瘦影偏登大雅堂。

题《墨梅图》

枝干横斜意自如，新梅独放报春初。
东风拂处花魂舞，宛若佳人翠袖舒。

题《寒鸦月夜图》

鸦栖寒夜月朦胧，天地茫茫万籁空。
梦已无多今又梦，俨然身在此林中。

题 《寒鸦图》

雪霁霜林野草黄，飞鸦数点过寒塘。
料知画者孤怀寂，淡墨涂秋遣寸肠。

题 《柳塘牧马图》

春光流韵水之涯，纨扇裁图写翠华。
饮马柳塘晴正好，树荫小憩伴啼鸦。

题 《溪凫图》

衰草西风鸭步迟，渔村又到落英时。
三千弱水凝眸处，已揽秋声入小诗。

题 《秋树鹧鸪图》

秋树枝头鸟独栖，欲猜心事隔云泥。
丹青意造幽深境，耳畔如闻白雉啼。

题 《幽篁戴胜图》

生就鸿衣着羽裳，回眸引颈立幽篁。
华冠凤尾珠玑色，不逊林间孔雀王。

题 《秋花图》

疏影临风卧晚凉，花容淡雅沐秋阳。
纵知玉魄将零落，依旧枝头送淡香。

题《文杏双禽》

枝上如闻鸟语柔，噙香红喙半含羞。
嘤鸣已有花前约，相伴春秋共白头。

题《朱竹凤凰图》

碧桐红竹映骄阳，古树参天落凤凰。
比得百禽皆逊色，雍容不愧鸟中王。

题《秋老梧桐图》

叶渐飘零树渐枯，谁持墨笔写苍梧。
枝头小雀惊魂处，更觉秋寒入画图。

一九九九年三月十二日

浣溪沙·倚窗听雨 (步沈祖棻原韵)

草色倾城不思游，莺花旧事懒回眸。青山绿水两悠悠。　昔日同吟司马赋，今朝独上望河楼。倚窗听雨遣诗愁。

鹧鸪天·诗心依旧（步沈祖棻原韵）

总为清词百转肠，乌啼霜柳送苍凉。山光映水山风袅，野色浮烟野草黄。　　情切切，意茫茫，诗心依旧涌思长。岑楼骋目凭栏处，几度登临对夕阳。

一九九九年三月二十日

江南行吟

过周庄

水乡古镇碧云天，三两渔家泛钓船。
正是江南春色好，绿荫深处起炊烟。

观"东方明珠"电视塔

江风和煦雨初收，塔自巍峨水自流。
玉柱擎天惊海外，明珠璀璨耀千秋。

登奥利安娜号邮轮

曲廊低绕管弦声，疑入迷宫梦里行。
百尺楼船停泊处，霓灯溢彩暮江明。

一九九九年五月四日

烛影摇红·重读《红楼梦》有感

寂寞红楼,悠悠一梦传千古。太虚幻境假犹真,金玉皆为土。天意从来难悟,叹几人,百年共度。缘成木石,弦尽悲欢,知音轻误。　　霜剑风刀,春花娇艳偏遭妒。女儿别泪洒鲛绡,多少相思苦。空对潇湘晨暮,纵有情、寸心怎诉。寒塘孤雁,冷月诗魂,情归何处。

一九九九年五月九日

鹧鸪天·赠友

天赐姻缘两意投,依依携手结良俦。相知相伴云中燕,双宿双飞水上鸥。　　情脉脉,岁悠悠,漫山红叶待金秋。人生再谱同心曲,地久天长共白头。

注:取友人名字中、红二字。

一九九九年五月十二日

鹧鸪天·游九色鹿园艺场

满目琼枝翠叶繁，行来疑入武陵源。春畦绿野优游地，绮阁红芳别有天。　　丛草浅，露华鲜，山丘环坐静如禅。何当把盏花前醉，消得浮生一日闲。

一九九九年五月二十九日

沁园春·国庆50周年感赋

五十春秋，奏响中华，世纪乐章。看金瓯磐固，贤能励治；阴霾驱散，惠政甘棠。共处和平，同求发展，玉帛干戈结友邦。惊巨变，恰雄师梦醒，昂立东方。　　国门开放图强。促科技、腾飞向小康。更锦旗漫舞，方迎归棹；东风浩荡，又启回樯。两制中兴，三通互利，筑得丰碑日月长。望海峡，待江山一统，再创辉煌。

一九九九年六月十六日

鹧鸪天·皋兰太平鼓

朗朗乾坤万物和，人随杨柳舞婆娑。祛除祸患祈祥瑞，庆贺丰年逐旱魔。　　披凤锦，走龙梭，太平鼓奏天平歌。声如雷滚惊天地，掀起黄河十丈波。

八声甘州·重访皋兰

正飞红漾绿艳阳天，驱车陇中行。看良畴沃野，畦蔬滴翠，瓜果丰盈。又见梨园幽境，气爽树荫清。美景销魂处，水秀山明。　　忆昔寒村荒落，奈旱魔猖獗，草木难萌。赖兴修水利，营建卫星城。迎新纪，蓝图绘就，迈小康，岁月几峥嵘。田家乐，年年社火，歌舞升平。

一九九九年六月二十日

有　赠

曾夺诗魁折桂香，巧联又占探花郎。
天年不老如神笔，镂月裁云乐未央。

一九九九年八月十日

复 友

接全国诗词创作研讨会请柬，然事务缠身未能前往，因以小诗代行。

红柬飞来字字金，蒙邀欲往谢知音。
难辞俗务人何奈，聊对湘南作短吟。

一九九九年八月十四日

八声甘州·中秋赏月夜

展风情万种向尘寰，秋城景融融。正霓灯闪烁，珠帘银箔，灿若星空。遥望红翎碧树，掩隐暮烟中。云起云飞处，蟾桂朦胧。　　又上层楼临远，有伊人共醉，其乐无穷。算年年此日，邀月赏心同。藉良宵，畅饮酣歌。夜阑时，曲尽酒初浓。茶香袅，悠然不觉，星落晓钟。

一九九九年九月二十四日

水调歌头·弄潮

笑我迟迟步，也向市场行。权将清雅抛却，商海做新兵。凭悟大千世界，感念人生百态，体味个中情。回首漫漫路，跋涉几曾停。　　看嚣尘，迷夙梦，且营营，此身乐得潇洒，风雨任平生。纵有沧桑变幻，应是丹心依旧，创业意纵横。待到功成日，重步旧闲庭。

一九九九年九月二十六日

水调歌头·黄河秋韵

白雾迷幽岸，绿鸭戏金滩。奔湍翻浪飞雪，灏气纳山川。伫望黄龙吞吐，涤尽浊泥污淖，无语泻清寒。桥影横秋水，鱼梦枕长澜。　　凝眸处，波光映，景悠然，结庐此境，何必世外觅桃源。踏遍芳郊田野，望断长河落日，歌赋送流年。水调当渔唱，钓韵碧波间。

一九九九年十一月九日

鹧鸪天·垂钓

相约垂纶意兴高,游鳞出没戏银涛。任抛长线三千次,钓得河鱼七八条。　归缓缓,乐陶陶,携来青鲤送厨庖。怜卿未跳龙门去,枉作盘中下酒肴。

一九九九年十一月十九日

步邝工吟长花甲抒怀韵

桑榆未晚夕阳天,六十春秋正壮年。
力振中华倾碧血,勤耕桃李酿甘泉。
论诗任遣凌云笔,著述长留锦绣篇。
闻道欣逢花甲日,聊书拙句敬师贤。

一九九九年十二月十八日

题丁女士国画《牡丹》

国色静中开,花容妙手栽。
墨香和紫气,引得醉蜂来。

二零零零年一月二十日

独爱白色人淡泊

万紫千红异彩多,争奇斗艳缀山河。
赏心独爱梨花淡,弄曲偏吟白雪歌。

二零零零年一月二十八日

贺高堂寿诞

云水悠悠岁月流,丹心碧血写春秋。
相濡以沫倾肝胆,革命生涯共白头。

二零零零年二月二日

小莛即兴

一

聚日无多别日多,潼关遥望隔山河。
悲欢尽付阴晴月,无奈人生万事磨。

二

芳筵一刻散如梭，难遣离怀作醉歌。
花有枯荣天有泪，人间长恨别情多。

二零零零年二月二十二日

游牡丹园

一

纵有如神笔，难描艳丽姿。
赏花新雨后，正是醉人时。

二

人称真国色，无愧百花王。
一瓣轻拈起，携来满袖香。

二零零零年四月二十八日

旅游随记

赴新加坡、马来西亚、泰国、中国香港、中国澳门等国家和地区观光,所到之处人文荟萃,风景优美,题诗十二首以记此行。

平洲至维多利亚港

碧水如蓝带月流,豪轮晚渡荡悠悠。
香江渔火连星际,疑入天街锦夜游。

太平山眺香港夜景

万家灯火映琼楼,天地钟灵景自幽。
仙界何如尘界好,一方乐土属神州。

港城畅游浅水湾

金沙玉贝满汀湾,鱼浪多情抱远山。
鸥鹭逐波斜照里,蓬莱胜景入诗还。

赴曼谷途中

漫游自向五湖东,异域风光各不同。
云伴三千天阙路,诗情无限乐无穷。

芭提雅游金沙岛

踏浪江汀碧水清,红螺闪烁白沙明。
今朝得此休闲处,不负迢迢万里行。

吉隆坡至云顶漫游

雾罩峰峦云绕楼，缆车飞过晚林幽。
华宫野谷新奇境，游衍归来意未休。

马六甲游葡萄牙石堡

历史名城古冢存，森森戍堡掩铜门。
吊桥炮垒遗踪在，不见当年铁骑奔。

马六甲瞻荷兰红屋

残垣断壁诉无声，雕像铭碑别有情。
独具风光商贾地，人文荟萃不虚名。

新加坡游览圣淘沙岛

狮城娱戏圣淘沙，暮岛纷披五色霞。
音乐喷泉流韵远，月圆花好赏清嘉。

澳门三巴圣迹留照

牌坊兀立映斜阳，三百春秋殿宇荒。
一壁巍然留圣迹，阶前凭吊感沧桑。

澳门参拜妈祖庙

佛龛神殿出尘缘，妈阁氤氲绕紫烟。
一去仙姑音信杳，倩谁镇海护行船。

澳门返粤与友小聚

濯清镜海岸头沙,行酒酬歌伴夕霞。
今日相逢当一醉,明朝人去又天涯。

二零零零年四月三十日

凉州行(九首)

访武威胜迹

一

沧桑风雨百年城,古冢幽庭老树横。
塑像铭碑停步处,犹闻踏燕马蹄声。

二

久闻天马出凉州,今日相邀结伴游。
文庙墨书多隽永,雷台铜铸几经秋。
石碑林立青烟袅,庭院门深古墓幽。
东汉人文西夏史,辉煌一页著风流。

访甘肃皇台酿造集团

一

醉落斜阳醉落梅，醇醪香透夜光杯。
若君不饮皇台酒，枉到凉州走一回。

二

主人劝客玉樽开，阵阵清香拂面来。
酒过三巡人自醉，今朝开戒为皇台。

访武威酒业集团

凉都酒业尽雄才，系列名优创品牌。
但见家家迎客酒，茅台不饮饮雷台。

鹧鸪天·访武威啤酒公司

碧野轻车古道长，金秋时节访西凉。琼筵畅饮千杯少，玉液频斟满室香。　　销海外，富家乡，功勋企业创辉煌。雪山汲取甘甜水，滴滴佳醪酿健康。

鹧鸪天·访莫高葡萄酒基地

满目琳琅翠带长，如雕玛瑙列成行。三千宾客三千醉，一串葡萄一串香。　　促科技，助农商，黄羊河畔聚贤良。莫高酿造留芳远，创业精神四海扬。

清平乐·武威采风笔会

凝思裁句,拈韵轻毫举。纵笔飞书云起处,挥就凉州新赋。　　酒倾诗意千重,淋漓翰墨情浓。展望恢弘大业,放歌西部雄风。

水调歌头·凉州行

玉盏盛香茗,华堂备肴珍。丝绸之路同访,美酒洗行尘。正是金秋八月,闲话桑麻好景,笑语酌芳樽。西域民风古,留客足鸡豚。　　观山寺,游胜迹,访边村,良田渠水飞溅,万顷稼如云。昔日沙迷天地,今日树连阡陌,花柳各争春。营建新西北,还看陇原人。

二零零零年八月二十四日

醉花阴·重阳夜秋游

又对菊香秋月夜,飞镜银光泻。雁过正重阳,佳节同游,笑语萦山野。　　酬唱不妨唐句借,知是情难写。别聚总匆匆,相约明年,再会兰台榭。

二零零零年十月六日

无 题

一

人知天命忆沧桑，半感欣然半感伤。
回首八千风雨路，春歌秋梦两茫茫。

二

未得春风草不芳，果然世态有炎凉。
何妨权隐真情性，也沐骄阳一缕光。

三

底事倦人偏不休，缘何奔命惹闲愁。
创业但求心无愧，莫待他年叹白头。

二零零零年十一月三十日

贺钟医师行医 45 周年

襟怀坦荡不图名，谁解布衣报国情。
四十五年风雨路，悬壶济世陇原行。

二零零一年一月三十日

辛巳年感怀并和袁老迎春曲韵

一

国运恒昌应可求，乾坤朗朗更何尤。
五州安泰开新纪，百业兴隆展远猷。
诗赋韵成歌时代，沧桑奠就慰前俦。
且看禹域春光里，万里风高紫塞悠。

二

强民富国总无偏，经济繁荣科教先。
瓴建边区村貌改，毒除莠草物情迁。
千年丝路飘春雪，九野清溪舞碧涟。
中华史册翻新页，峥嵘岁月乐尧天。

三

植被开渠碧水通，人间天上远尘蒙。
平衡生态飞花雨，治理风沙伏蛰龙。
宽阔街衢车有序，狰狞旱魃影无踪。
春霞染得金城美，滚滚黄河自向东。

四

科技文明岁岁新，迂愚观念已推陈。
国门开放谋良策，经济腾飞为子民。
西部山河同焕彩，神州南北共争春。
千秋伟业功成日，也竞风流陇上人。

五

万木争春又一年，图腾华夏待新篇。
开明政策勤修正，极左思潮莫又偏。
漫说人间无净土，应知寰宇有青天。
但求法治真民主，不复贪官乱用权。

六

欲挽狂澜力不胜，悲欢岁月可铭膺。
闲抛秃笔吟新句，漫洒丹青画隼鹰。
曾搏体坛挥汗雨，梦思系日结长绳。
而今夙愿皆消尽，唯赋清词感废兴。

七

世事兴衰一梦空，已知天命更朦胧。
休为怨妇争恩宠，当学豪雄唱大风。
不借春云求夏雨，自将瘦句豁心胸。
此身难寄红尘外，半是醒中半醉中。

二零零一年年三月十八日

永登行（九首）

天窗眼

玉树和风万籁歌，百花承露化清波。
洞开天眼山为证，阅尽人间变幻多。

吐鲁沟国家森林公园

幽谷清风绾柳丝，层峰飞瀑更多姿。
山光水色传神韵，红叶青泥尽入诗。

驼峰岭

张骞出使入烟林，困枕芳丛卧碧荫。
骑座偷闲留醉处，悠悠一梦到如今。

注：传说张骞出使西域，途径吐鲁沟困倦小憩，所骑骆驼留恋此地化为石峰，故名骆驼峰。

藏龙洞

水帘飞泻绕山陬，岚影烟溪洞壑幽。
疑入仙源行世外，穴池深处隐龙湫。

石崖壁立

奇峰兀立壁如倾，野草清香入石亭。
人在坞中天地小，群山衔月一弯明。

苦水玫瑰

一

灿若朝霞小似梅，偏劳苦水育琼瑰。
闻名遐迩黄金液，酿得香醪独占魁。

二

妖而无媚朴含真，凝露披霞不染尘。
岁岁红娇枝上老，香魂梦系故园春。

八声甘州·永登采风至吐鲁沟

又沐香拥翠踏金泥，弃车绕山行。正端阳时节，花稀叶密，燕雀声声。岭上连天芳草，云外数峰青。鸣涧谱琴韵，无限诗情。　　一片神奇热土，看流光溢彩，鼓乐升平。拓资源优势，迈步卫星城。绘蓝图、扬帆破浪，展未来、百业竞繁荣。腾飞日、山川秀美，五谷丰登。

鹧鸪天·游吐鲁沟

岭外云杉涧底溪，莎鸡隐现草中啼。如诗如画风光秀，亦幻亦真造化奇。　　山叠嶂，眼迷离，花丛玉露湿裙衣。神工鬼斧天然景，觅韵寻幽两适宜。

二零零一年六月六日

水调歌头·小园秋意

雁唳清穹寂，落叶又惊秋。西园柳暗蝉静，不见故人游。才羡琼芳吐艳，底事皆成败絮，飞谢一天愁。只恨春时短，好景总难留。　　花枝老，空凝睇，懒登楼，多情堪笑，知命年过梦还幽。盘古开天辟地，共氏触山折柱，谁阻夕阳流。自问独行客，寻觅几时休。

二零零一年九月二十六日

八声甘州·西行

对茫茫野塞远山微，紫穹夕阳收。看南归鸿雁，烟霞淡抹，村坞林陬。大漠豪情尽览，西去路悠悠。暮色朦胧里，思绪沉浮。　　旧梦懒寻踪迹，叹星星鬓发，霜染额头。笑诗心依旧，终不废吟讴。羡青莲，长歌对月，乐陶然，浩气自横秋。功名淡，百年赢得，千古风流。

注：青莲，指李白，号青莲居士。

水调歌头·游天池

　　秋日秋风好，风送客舟轻。一池碧水清澈，涟舞浪花平。目尽参天古木，又见奇峰耸立，雪似白云凝。天镜窥鱼处，人在画中行。　　动诗兴，吟长调，倩谁听，何当放棹，呼燕唤鹭共嘤鸣。袅袅炊烟迷树，围坐帐房畅饮，卮酒别思盈。行令不辞醉，寄我远游情。

二零零一年十月八日

袁志 80 寿诞贺

　　胸藏玉垒自清流，情韵悠长笔力遒。
　　耄耋之年人未老，丹心碧血写春秋。

二零零一年十二月二十日

滨河夜景

　　流车一线疾如梭，堤柳含烟紫气和。
　　塔枕夕岚笼暮色，山衔明月入清波。
　　朱楼玉砌披霓彩，碧树金裳簇锦柯。
　　烁烁银花城不夜，滨河灯火比星多。

二零零一年十二月二十一日

闲　吟

一

聊对西窗晚镜初，忧怀病骨竟何如。
关情最是天边月，漫洒清辉入小庐。

二

事事烦忧意不如，杯茶渐淡懒翻书。
春秋空老人空瘦，已觉西窗落叶初。

三

疾愈形羸瘦骨清，何妨脂粉点青晴。
黛眉云鬓人称羡，谁织容光色染成。

二零零二年二月二十日

赏　花

含露花凝日月光，春来无处不芬芳。
诗才有限情难尽，愿捧心香伴众香。

二零零二年三月八日

一剪梅·银婚纪念日赠外子

似海情深可对天,醒共婵媛,醉共婵媛。寒塘香绽并头莲,沉自悠然,浮自悠然。　　但求连理五百年,辛也甘甜,苦也甘甜。尘缘了却结仙缘,魂系情牵,梦系情牵。

二零零二年三月二十九日

无 题

每将诗祭旧时盟,天地悠悠岁月更。
淡却当初蝴蝶梦,春花秋月寄枯荣。

二零零二年四月二十日

鹧鸪天·闲吟

遍读苏辛白雪讴,孤怀痴意做诗囚。闷时聊对杯中酒,醉后迷离心上秋。　　怜月叹,惜花愁,疏狂傲物性偏柔。豪吟尽付闲情绪,叱咤风云在小楼。

二零零二年五月八日

望海潮·红豆系千家

根生南国，结缘天下，相依锦瑟年华。装点绮罗，良辰寄梦，娇绡泪浥枝芽。冰雪质无瑕，更玲珑小巧，艳似奇葩。聚散悲欢，朝朝暮暮共流霞。　　谁携一寸柔嘉，合三分缱绻，融入丝麻。身着薄衣，相思应解，何妨人在天涯。彩笔绽诗花，掬心香沁染，缕缕轻纱。红豆杉儿，深深情愫系千家。

二零零二年六月八日

蝶恋花·红豆寄相思

弦乱琵琶秋水绕，心雨缠绵，蝶梦知多少。寂寞离怀托青鸟，夕阳无意怜芳草。

花谢花飞人易老。天地悠悠，唯有情难了。遥赠休言红豆小，相思偏惹诗情好。

二零零二年六月六日

咏物诗（六首）

梅

岁岁凌寒绽小梅，娇姿何必占春魁。
东皇笑点群芳日，唯有孤魂唤不回。

竹

亭亭玉立有儒风，高雅全凭造化功。
自有美名夸众口，无人识得腹中空。

柳絮

落絮犹充白雪飘，浮萦铺洒自逍遥。
堪称俊杰识时务，借得春风上碧霄。

夜来香

羞窥春意上瑶台，难领风骚自不才。
每放奇香人静后，未知秀色向谁开。

夹竹桃

飞白摇红抱竹庭，临风月下舞轻盈。
纵将冷毒淫花叶，依旧枝头百媚生。

野 菊

点点红黄入草丛，东篱无处觅芳踪。
时逢绽放长坡外，又见披香在险峰。

二零零二年八月十日

秋 声

一

苍茫野草隐寒虫，树树霜枝着醉红。
疏柳披风吟不尽，心携秋韵上清穹。

二

闲弄紫毫风满楼，灯光闪烁夜窗幽。
绵绵思绪如丝雨，难诉情怀万顷秋。

二零零二年九月二日

沁园春·秋意

袅袅西风，落叶惊魂，细雨助秋。叹沉浮日月，消磨豪杰；英雄终老，枉自风流。一寸柔肠，千般情愫，毕竟疏狂怎说愁。人生累，羡云中燕雀，水上蜉蝣。　　且将锐气藏收，披鹤发行吟笑去留。看功名尘土，悲歌武穆；儒冠寂寞，醉梦庄周。世事纷争，何如隐逸，独往蓬莱踏绿洲。莺啼处，有良辰美景，任你描勾。

二零零二年十月二十二日

秋游天池

野趣淋漓野草明，云烟缭绕雨中行。
泥飞人仰红颜怒，一笑天无惜玉情。

二零零二年九月三日

浣溪沙·秋吟和袁老"香"韵

一

丛菊初妍柳渐黄，野蜂吮露饮秋光，"一溪红瘦马蹄香"。　　风絮半含烟雨梦，拈来清韵涤诗肠，休将新句写悲凉。

二

塞草苍茫麦秸黄，金风又送好秋光，"一溪红瘦马蹄香"。　依旧魂销蝴蝶梦，莫教雁唳断柔肠，沙虫声里纳新凉。

二零零二年十月二十二日

一剪梅·步衰老和俞曲园词

一

谁解高山流水弦，浣梦溪边，绮思花前。新荷出水自芬妍，不占春喧，曼舞蹁跹。　明月清风年复年，共醉歌筵，同执吟鞭，无惊人句亦欣然，笔遣云烟，胜似神仙。

二

老去情思恋夕阳，不倚兰窗，独影西墙。个中滋味诉难详，怜爱花香，追惜流光。　旧雨邀来尽一觞，悟也思量，惑也平章。人在红尘百身忙，狂了萧娘，醉了萧郎。

三

　　寂寞红楼冷月明，情注芦笙，魂断孤筝。玉琴犹自响玎玲，灯映纱屏，风拂窗棂。　　几日沉醉几日醒，梦入遥京，不见云耕。花开花落易愁生，秋绪充盈，白发零星。

四

　　一弃功名漫足夸，闲话桑麻，卧看桃花。人生淡泊信无差，自在田家，揽得云霞。　　逐梦天涯岁月赊，欲拜灵娲，放浪仙槎。幽幽心曲托琵琶，多少风华，付与楞伽。

二零零二年十一月二十日

玉楼春·秋吟

　　小街深院斜阳暮，寒露欲霜凋碧树。姣妍花好几多时，一旦飘零无觅处。　　文通残锦情如故，索尽枯肠冥想苦。冬吟雪月夏吟风，笔绾春秋诗里驻。

二零零二年十一月三十日

归游即兴

一

红叶凋零塞草黄，倦游未觉晚风凉。
暮山笑我天涯客，独向黄昏叹夕阳。

二

参差古木写苍凉，壮丽风光数北疆。
满目银装飞雪后，寒穹热土两茫茫。

二零零二年十二月三日

访星汉教授

又步烟尘作远行，蒙兄筵客笑相迎。
"茫茫楼"外纷纷雪，浅浅杯中暖暖情。
邀得高朋同畅饮，拈来佳句共嘤鸣。
诗盟鸥鹭缘千里，一醉难辞酒自倾。

注：茫茫楼为星汉教授书斋名。

二零零二年十二月十八日

薇乐花园四咏

一

琼林踏翠看氤氲，玉蝶珍禽舞彩裙。
薇乐花香诗入梦，常安主雅客来勤。
和谐造物标新意，昭示天然思不群。
宾至恍如游世外，桃源春色正欣欣。

二

观鱼戏鸟踏莎行，深院灵龟紫气迎。
绿野仙乡游目醉，朱楼画栋赏心清。
泉声音乐晨鸡唱，柳影婆娑夕照明。
天地亲和融万物，五湖人共故园情。

三

一望连绵冷翠微，琼楼玉阁染晴晖。
荷塘潋滟花初瘦，园圃葱茏草正肥。
石隐红鱼烟柳舞，鹅浮碧水雉鸡飞。
清流照影闻天籁，薇乐优游撷韵归。

四

看冬休叹百花残，浴日冰凌秀可餐。

天石灵龟携古韵，瑶台红瓦映霞丹。

池边鹅舞迎宾客，墙外鸡鸣逐晓寒。

天地精华凭吐纳，何人不梦醉乡宽。

二零零三年一月十二日

高阳台·芙蕖

莲立寒塘，仙标玉质，娇容不染风尘。天降丹霞，祥光尽透罗裙。淑姿摇曳凌波里，浣荷衣，泥淖无痕。枕连漪，绿伞红裳，闲雅清芬。　　生来袅娜矜持貌，又孤怀澹泊，抱朴含真。不占高枝，但求碧水存身。枯荣随遇冰心悟，纵凋零，香魄归根。到秋时，雪藕盈盈，聊慰花魂。

二零零三年二月十八日

鹊踏枝·感春

细柳含烟细雨悄，又道春还，何事偏生恼。掩镜难遮霜鬓早，流年逝水催人老。　　花蕊渐苞青萼小，桃魄梅魂，传信寻香鸟。谁管世愁多与少，东风依旧吹芳草。

二零零三年三月十八日

鹧鸪天·感怀

信是无常作弄人，何因求索误红尘。孰知不惑偏多惑，只道情真未几真。　　甘菊酒，苦吟身，南柯梦醒了无痕。囊中幸有残书在，夜夜诗魂伴月魂。

二零零三年四月九日

相见欢·闲吟

紫毫翰墨壶觞，醉吟长。梦里高歌醒后理疏狂。　　盟诗酒，为诗瘦，快诗肠。聊把心中苦乐付词章。

二零零三年六月八日

风入松·春游

涧松古殿卧风烟，花雨泻红泉。春行闲踏幽庭草，人留迹，湖畔桥边。青杏枝头织梦，白鹅水上蹁跹。　　漫游北陌步南阡，不觉夕阳天。寻诗到此心先醉，不思去，忘返流连。堪羡陇乡如画，神迷疑入桃源。

二零零三年六月十日

柳梢青·对酌聊赠

　　月暗窗明，灯前对影，小盏香盈。几许迷蒙，三分恣意，一寸幽情。　　索居莫叹零丁，大隐处，神游六经。远避尘嚣，胸藏珠玉，身老闲庭。

二零零三年六月十九日

锁寒窗·琪儿录取WTO班翻译专业感赋

　　往事依稀，黄童稚趣，小荷初绽。天生利齿，学语莺啼清啭。到而今，难忘幼时，蹒跚迈步踟行蹇。向大千世界，求知求悟，与书为伴。　　云卷，风中燕。叹逐浪鸥雏，未知深浅，经霜沐雨，应识水长山远。舐犊情、人共此心。几回伴读通宵旦。报严慈，终得佳音，骋志当如愿。

二零零三年七月五日

曦华源景观

万顷和曦草木稠，美仑美奂屹金瓯。
黄河浴日涛声远，碧树临风鸟语幽。
柳絮披香萦石径，烟溪溅雪绕琼楼。
溯源寻迹登高处，画栋长廊一望收。

二零零三年七月十八日

人月圆·中秋夜随笔

暮云半掩荼蘼月，霓影夜光浮。琴音袅袅，衣影淡淡，遐思幽幽。　心尘洗尽，灯前独坐，把卷闲讴。三杯翠酩，两行醉墨，一曲吟秋。

二零零三年九月十一日

访书法家杨再春

行文腹有白云篇，走笔龙蛇纳百川。
尺幅千金劳赠赐，程门立雪结诗缘。

二零零三年十月五日

同窗相聚

  值北京体育大学校庆之际，恰逢向前五十诞辰。诸学友相聚以贺，用词韵得一律。

  曼舞欢歌共玉樽，同窗相聚贺生辰。
  疏狂自有男儿气，倜傥难寻岁月痕。
  海作胸怀江作脉，山为傲骨水为魂。
  尘寰五十风云路，犹是当年揽月人。

二零零三年十月六日

赠 友

一

  无欲则刚悭素心，不求名利乞春霖。
  行藏耐得孤怀寂，抱朴承真自可钦。

二

  燕雀腾空气也豪，休追鸿鹄自徒劳。
  胸中泯却青云梦，人到无为境最高。

二零零三年十月十六日

沁园春·游记

　　一路风光，遍访都城，尽览名川。正畅游故地，陶然乐土；欣逢旧雨，感慨流年。岁月如奔，人生如幻，往日豪情不复还。多少事，付痴迷吟魄，寂寞毫端。　　偕行径向西山，到此境方知天地宽。望远村暮景，心逸神驰；长郊落日，霞绕云闲。万籁和鸣，九秋絮语，恍若三魂脱俗缘。留连处，乍雁声惊梦，又坠尘寰。

二零零三年十月二十日

乌夜啼·失眠之一

　　醒时独把清樽，自销魂。未觉三更星寂月昏昏。　　不思睡，何如醉，梦无痕，一任诗怀无绪乱纷纷。

乌夜啼·失眠之二

　　枕书高卧灯前，晓吟寒。但见南窗冷月向人圆。　　七星散，又宵旦，夜如年，安得南柯一梦出尘缘。

二零零三年十一月三十日

题照周力军《晨曦的深圳》
沁园春·深圳感怀

南国风光，烟渚蓬山，景色绝佳。看罗湖界内，琼楼碧瓦；沙湾河畔，玉树奇花。水库鱼肥，温泉池浅，海岸晴滩绕白沙。优游处，有金瓯乐土，锦绣中华。　　当年谁舞朝霞，送和煦春风入万家。唤渔村开拓，名扬寰宇；新城崛起，誉满天涯。经济腾飞，文明建设，祺福神州岁月赊。千秋业，树丰功伟绩，百代清嘉。

一

晴晖远映曜金轮，撒向人间百惠臻。
向晚无须愁夕照，明朝又送艳阳晨。

二

翦霞碧落灿河山，节厉凌霄孰可攀。
驱逐阴霾澄玉宇，一腔炽热暖人寰。

三

东方初晓吐丹霞，曙色红于雨后花。
纵泼丹青难写意，浮云流韵到天涯。

四

晓雾腾蛇日渐高，金光一缕透鲛绡。
锦云如绣霞如染，无限诗情在九霄。

五

月沉星散日衔东，天宇精华聚镜中。
霞落霞飞多变幻，恍如云海戏群鸿。

六

昔日渔村碧海清，而今难觅旧门庭。
锦城不夜迷天地，半是霓灯半是星。

七

星辰一点启明幽，巧缀穹窿月半钩。
楼影朦胧人静处，天风吹醒故园秋。

八

楼衔金钹景观奇，万里云天日月熙。
巷陌街衢笼翠黛，满城春色沐晨曦。

九

倚天旭日照乾坤，万类同承造化恩。
一鉴彤彤红胜火，恰如苍昊嵌金盆。

十

东来紫气卧祥云，虹化龙蛇缀锦鳞。
蓝黛红橙谁绣染，高天美景望无垠。

十一

和烟和雾彩云祥,宛若凌空舞凤凰。
万丈晴光遮不住,氤氲散处现朝阳。

十二

耿耿星河月落迟,凭山采撷白云诗。
秋光何逊春光好,最是销魂拂晓时。

十三

旭日东升破晓烟,巍峨大厦入云巅。
人间纵有生花笔,难绘鹏城锦绣天。

十四

瑞雾霓虹望眼痴,镜中天地画中诗。
无须劳赐坡仙笔,好景自藏清丽词。

十五

东方晓色意无涯,天上人间处处嘉。
晨照更添深圳美,晴晖万里向中华。

十六

天施雨露彩云滋,一伞凌空日出时。
付与路人遮暴暑,此情谁不起遐思。

十七

霞染胭脂爽气澄,云舒云卷化飞鹏。
晨曦初露金风里,撒向人间万物腾。

十八

东方欲曙袅晴烟,斗转参横年复年。
凝目长空云共月,春风摇梦又一天。

十九

晴曦一抹九光微,坐看星移白练飞。
红日升时霞正好,天涵瑞气地生辉。

二十

绮霞璀璨火云融,艳若经霜九月枫。
莫是天公重抖擞,开怀饮得醉颜红。

二十一

欲裁烟帛作华笺,鸿雁传书碧落仙。
天上人间多缱绻,诗思飞向白云颠。

二十二

星没青云月下弦,晨烟缕缕入尧天。
春思秋意知多少,尽在晴晖雾霭间。

二十三

几回待得彩霞横,又见天边瑞雾生。
沐雨听雷春复夏,此中多少故园情。

二十四

频将广镜向天涯,遂令青穹驻岁华。
引得畅饮诗自放,漫挥秃笔赋云霞。

二十五

风吹云簇雀梳翎,万顷氤氲锦作屏。
景色融融凝目处,霞光旖旎捵天庭。

二十六

万家灯火景悠然,百尺高楼入紫烟。
晓日涵辉云锁梦,青山不老翠连天。

二十七

朝云暧靆卧穹窿,变幻沉浮气象雄。
黛紫嫣红谁点缀,应知神女补天功。

二十八

瑶池玉露濯骄阳,喷薄清新九色芒。
俯瞰鹏城春色里,长峦广厦沐晨光。

二十九

温馨秋夜艳阳晨，舜地尧天日日新。
心往神驰三万里，揽霞安得卧云身。

三十

谁施甘露化瑶池，雾里浮花绰约姿。
淡却星河天欲曙，白莲绽放晓晴时。

三十一

天如泼墨掩朝暾，云雾焉将日月吞。
毕竟阴霾遮不住，阳光几缕破晨昏。

三十二

一城明媚百川晴，无限风光照眼明。
楼宇参差山迭翠，始知凡界胜仙瀛。

三十三

天容海色映清眸，浩荡云如逐浪鸥。
景色怡人秋静谧，赏心更比晓城悠。

三十四

穹隆如聚碧苍苍，天蕴琼华化瑞光。
锦绣山川春意暖，万家灯火伴朝阳。

三十五

晓雾轻笼碧汉秋，远山清霁雨初收。
凌虚浮影云城现，疑是平川起蜃楼。

三十六

佳景天成静夜图，山空人寂晓星孤。
萤萤一点银光耿，恰如青绫缀玉珠。

三十七

神龙出世卧苍穹，霞透鳞间谈浅红。
腾羲风云行啸傲，高怀浩气与天同。

三十八

骄阳高羲五湖东，万顷云霞万顷红。
自是春光多缱绻，风传暖意晓城中。

三十九

雾里青山雾里楼，轻烟笼翠景幽幽。
料知云散新晴后，十里风光一望收。

四十

雨后云飞秋暗生，和烟和雾隐鹏城。
氤氲散尽骄阳现，又是金风烂漫晴。

四十一

一碟悬浮气壮哉，尧天舜地九光开。
料知南国晨霞美，引得外星游客来。

四十二

飞鹤无踪白羽驰，城将破晓更多姿。
地舒瑞气天高爽，正是骄阳欲出时。

四十三

擎天石柱气何雄，日出东方报晓钟。
大厦岿然云梦里，曙城恬静紫光融。

四十四

瑶台玉柱卧风烟，浩气凌云向大千。
磐石弥坚同日月，沧桑阅尽太平年。

四十五

高厦凌云气势骄，鹏城之夏正妖娆。
莲花山上莲花艳，一点妍红灿九霄。

四十六

南海出巡披彩霞，高台独立看中华。
邓公自有经纶手，引领春风暖万家。

四十七

百里城郭望自威,山衔丽日吐春晖。
高天悠远云横处,万丈晴光染翠微。

四十八

不是江河起怒波,漫天云舞大风歌。
一方厚土山川秀,胜景年华万物和。

四十九

九重蓝黛晓寒凝,星没中天月入屏。
曙色初将残梦送,风云濡墨绘丹青。

五十

远景朦胧远树微,清穹如洗五云飞。
凭君尽豁天涯目,笑看乾坤驻晓晖。

鹧鸪天·情系鹏城

晓月晨星逐逝年,几回携得碧霄还。情牵九夏芭蕉雨,心系三春蟾桂烟。　　虹霓景,绮霞篇,自持广镜向家园,胸中了却青云梦,尽揽千秋锦绣天。

二零零三年十二月八日

赠 友

一

天道酬勤更惜才,诚真始得石门开。
女中豪杰须眉勇,凭海临风踏浪来。

二

红颜不作女儿娇,商海遨游弄大潮。
几度春涛秋雨后,放舟逐浪任逍遥。

二零零三年十二月二十日

鹧鸪天·《邓丽君画传》读后感赋

浮世何人解笑眉,问天无语曲终悲。千般怜爱闲抛月,一寸芳心却向谁。　　流远韵,理琴徽,幽情淡淡化云飞。春娇未待秋时老,不了情怀托子规。

二零零四年二月二十八日

踏 雪

南山渐隐北风微,又见金城白絮飞。
河畔听涛闲踏雪,寻梅未得乞诗归。

二零零四年三月二日

鹧鸪天·踏青

聊发诗情拾翠游,七情唯有此情留。半城柳絮飘风雪,十里花香送淡幽。　　舒积虑,畅吟眸,松庭小憩古渡头。寻芳只恐春将去,为觅风光上石楼。

二零零四年三月二十日

雅集闲赋

阑夜春酣逸兴幽,诗盟联句月当楼。
银星万点铺穹昊,玉液千杯结友俦。
古乐闲情盈耳际,新茶暖意涌心头。
曲终人散晨曦淡,只把温馨梦里留。

二零零四年三月二十九日

寄　赠

悟到无为自在身，云烟过眼看红尘。
炎凉世态无须怨，冷暖情缘总有真。
用则竭忠襄大业，舍当尽孝享天伦。
修心莫问春秋事，且做行藏淡泊人。

二零零四年五月十八日

一剪梅·聚散两依依

蔡厚示、刘庆云二诗长西行经兰，与学会诸人小聚，席间刘先生一曲"雨铃霖"韵味悠扬。因题。

一曲清扬送古风，诗意融融，惬意融融。酣歌助兴酒初浓，佳气雍雍，喜气雍雍。　索句传觞笑语同，聚也匆匆，别也匆匆。何时待得再相逢，山又重重，水又重重。

二零零四年五月二十五日

无 题

一

梦中吟啸梦中诗,醉后疏狂醒愈痴。
赋得词穷金缕断,幽思难遣寸心知。

二

几度推敲伴晓鸡,新诗偶得总无题。
涂鸦但恐吟魂老,鸿爪留痕印雪泥。

二零零四年五月二十四日

读《无妄斋吟草》感赋

一

休怨背时休骂娘,青灯黄卷也流芳。
情来任纵如神笔,得句天然感上苍。

二

几回梦里醉瑶池,自笑疏狂自笑痴。
难诉半生辛酸事,长存千首不平诗。
有情人寂归山后,无妄斋歌醒酒时。
一卷明心留韵远,灯前忍读断肠词。

二零零四年五月二十六日

赏梅花图题赠

红 梅

春暖依稀画卷中,衔香疏影向东风。
笔端神韵凝芳魂,留作枝头点点红。

黄 梅

小苞初放墨香微,一树新芳浸碧晖。
不负东皇晴暖意,花魂梦醒报春归。

绿 梅

娇容如洗翠盈眸,几度经霜品自优。
尺幅引来蜂蝶舞,横斜倩影著风流。

白 梅

耿耿冰心淡淡妆,寒霜历尽沐春阳。
香魂一缕千寻梦,引得情随画意长。

二零零四年六月十五日

题宝云轩主《老梅图》

一

卧梦千年不朽根，暗香又返玉梅魂。
老枝苍劲花为骨，一树嫣红万里春。

二

铮铮铁骨气如虹，天地精华太古风。
点缀春光传早讯，芬芳不入百花丛。

三

老树着花冰玉姿，娇艳含露雨晴时。
携来春色三分艳，不愧东风第一枝。

二零零四年六月二十三日

读《四清集》感赠

明月情怀锦绣胸，诗肠寂寞寸心同。
梅香袅袅春山外，兰质幽幽梦境中。
竹魄孤高谐雅韵，菊魂清婉笑秋风。
流觞无计秦川远，一曲嘤鸣托塞鸿。

二零零四年七月六日

靖远行吟（十七首）

游乌兰山

百里晴城万仞山，风光一路向乌兰。
琼田翠陌流清韵，撷得新诗戴月还。

题独石头

质本无华角不圆，娲皇一怒弃河边。
凭君放眼沧桑事，未必良才尽补天。

乌金峡小憩

云影浮光绿锦池，莎台香袅醉吟时。
偕行觅韵游心畅，风动涟漪入小诗。

游鹿鸣园

群鹿和鸣雨燕飞，游人晨练沐朝晖。
晓园幽景情迷处，轻履披香踏绿薇。

靖远一中

校苑新芳著雨浓，攀登不懈向高峰。
育人施教呕心血，桃李盈枝次第红。

参观虎豹口

红军西渡路悠悠，悲壮征程岁月遒。
剑影刀光何处是，独留青石写春秋。

登古堡遗迹远眺

岑楼古堡看氤氲，百里城郭一水分。
散尽烽烟留热土，兴亡评说溯人文。

谒潘将军墓见几处掘痕有感

当年武略盛名存，几度曾闻破墓门。
英魄不知何处去，空留枯冢向黄昏。

谒范振绪先生墓

一冢蓬蒿十里幽，雄才长卧岂甘休。
恨天不予还魂术，重把风云笔底收。

游靖远黄河风情线

莫将山水比江南，陇上风光自不凡。
奔泻黄河穿闹市，苍茫云雾绕巉岩。
青山抱寺披红旭，玉露腴田着翠衫。
最是芳晨霞正好，朝阳浮影远山衔。

游法泉寺

绿树青山气自华，焚香浴佛访仙家。
殿堂凿井生祥瑞，石径幽篁落竹花。
梵塔风铃摇客梦，雁池碧水映浮霞。
九州同享清平乐，蒙惠甘棠万物嘉。

捣练子·赴靖远途中

芳草浅,远山重,一径轻车一径风。万木参差凝目处,遐思尽在绿荫中。

踏莎行·乌兰山漫游

红日高悬,白云缭绕,绿莎遍野风光好。画梁驻步赏雕镂,谁裁锦句文心巧。

游兴方酣,豪吟未了,栾林深处闻山鸟。石台小憩放诗怀,啼鹃没入青青草。

浣溪沙·靖远寻踪

平堡遗踪万古风,青山未老水长东。桃林依旧夕阳红。踏草寻芳阡陌外,弄弦和韵画楼中。心香更比墨香浓。

鹧鸪天·赴靖远途中偶得

沐日披尘作短行,青山含笑野花迎。蓝天若洗炊烟袅,碧野如梳燕雀鸣。　云邈邈,草盈盈,千重麦浪舞风轻。枯肠方得田园句,已觉泥香天地清。

浪淘沙·法泉寺漫游

丝路绽奇葩,古刹幽邃。传灵神秀到天涯。宝塔巍峨山静谧,岩洞栖霞。　远隔市声哗,闲踏泥沙。南坡采石觅山花。一晌贪欢晴正好,共话桑麻。

八声甘州·靖远行

正驱车靖远陇中行，别来几春秋。望群山起伏，绿荫紫陌，红日当头。万顷良田沃土，垄外野花稠。更有黄河水，滚滚东流。　　今日重游故地，感沧桑变幻，思绪难收。看小城新貌，处处起高楼。促农商、广推科技，建大棚，蔬菜创名优。欣欣貌，筑巢引凤，共绘金瓯。

二零零四年七月二十日

赠　友

一

琼楼雅室聚贤良，四海宾朋会一堂。
广结客缘襄盛举，但凭诚信铸辉煌。

二

竞渡扬帆破浪舟，遨游商海向潮头。
客为上帝诚为本，创业精神数一流。

三

溢彩霓虹揽月楼，闹中取静雅间幽。
兴来到此闲茶话，行令传觞结友俦。

四

香溢琼杯月入樽，芳庭毓秀客盈门。
开怀品茗休闲处，满座人和笑语温。

二零零四年八月十日

临江仙·观雅典奥运会转播

又向银屏观赛事，出师尽是豪英。国旗展处五星明。桂冠频折取，奥运竞留名。
一页辉煌惊雅典，赛场奏凯声声。体坛大爷共振兴。攀登无止境，血肉筑长城。

二零零四年九月二日

缅怀常香玉

一缕芳魂化紫烟，艺坛又见菊英残。
曲终人散梨园寂，玉殒香消日月寒。
戏大于天天落泪，情深似海海掀澜。
大师仙魄乘风去，从此听谁唱木兰。

二零零四年九月八日

宁卧庄小兰亭雅集

菊英香淡醉蜻蜓，修竹幽幽草色青。
碧水映莲池毓秀，一园秋意入长亭。

浪淘沙·秋游小兰亭

庭院赏秋芳，屐齿留香。和风过处舞幽篁。奇石嶙峋观不尽，疑入仙乡。　　曲水绕园墙，汩汩流长。权将莲叶作壶觞。今日兰亭修禊事，又聚重阳。

二零零四年九月十二日

鹧鸪天·静夜无寐

卜韵唯求得句清，功名不计计诗名。朝朝无梦朝朝梦，步步难行步步行。　　吟雪月，赏秋声，感怀长共五湖情。每将残卷逐晓夜，弄笔灯前赋落英。

二零零四年十月五日

巫山一段云·闲吟

燕雀轻如许,何由恋塞鸿。才疏无计事雕龙,莫若学雕虫。　物外天难老,人生弹指中。不妨索句豁心胸,舣咏向秋风。

二零零四年十月八日

赠　友

一

几篇应急就无章,句未求工意未央。
难得小诗成七步,归来伏案索枯肠。

二

画斋寻梦翠霞襟,耐得炎凉惜寸阴。
日月精华天地秀,尽濡神笔报丹心。

三

曾经报国着戎装,今日杏坛帆又扬。
有德兼才留政绩,能诗善墨赋琼章。
心倾科教功名淡,情系家园日月长。
欣看一方桃李秀,尽将碧血育群芳。

贺张先生诗词曲联书法展

万千意绪韵中收，翰墨将同岁月遒。
莫道尺笺天地小，应知笔上有春秋。

陇西行

驱车陇右访诗乡，霜叶流丹野菊黄。
共话人文襄盛举，同歌时代写华章。
相逢何恨盟鸥晚，际会无须计短长。
纵有游怀难遣意，不妨岁岁聚重阳。

水调歌头·陇西秋游仁寿山

细雨湿阡陌，红叶染秋山。魁星阁外驰目，玉塞净无烟。云际阴霾初散，篱畔菊英半老，风过觉轻寒。枯柳因爽坠，飞谢向天边。　　画堂聚，琼浆溢，醉墨翻，朋俦相约觞咏，神骛九霄翰。唱和高情雅韵，撷取山川灵秀，浩气入毫端。写意心如笔，揽胜采诗还。

二零零四年十月二十五日

十二生肖杂咏

子 鼠

嘴利牙尖鬼精灵，繁衍何曾一息停。
养得皮毛光又亮，也登银幕作明星。

丑 牛

不露锋芒不出头，唯遵本分做耕牛。
甘为孺子田间老，劳作一生无所求。

寅 虎

笼中困虎也非猫，伏踞扑腾山岳摇。
纵落平川威自在，一声长啸起狂飙。

卯 兔

生来胆小性平和，与世无争义气多。
自是有情天可鉴，千年冷月伴嫦娥。

辰 龙

百年春雨养蛟龙，生在汪洋志在空。
顶礼炎黄传一脉，铭旌刻石拜图腾。

巳 蛇

无肠冷血短长条，细若销魂美女腰。
枉有毒牙人何惧，捕来筵客做佳肴。

午　马

一自青骢野性驯，厩中便失自由身。
驰骧负重行千里，俯首牵缰驭马人。

未　羊

温良跪乳哺羔羊，偏是山中有虎狼。
只恐人间多险恶，筑牢大隐圈中藏。

申　猴

顺时憨傻怒时狂，身手骄盈善跳梁。
莫道猴兄无建树，山中无虎也称王。

酉　鸡

笼中雄雉向谁啼，望向鱼刀眼戚凄。
知是悲鸣心有恨，何甘注水作肥鸡。

戌　狗

也曾骁勇牧群羊，今却承欢暖房藏。
恃宠撒娇争选美，任人怀抱唤阿黄。

亥　猪

命运不公天亦辜，龌龊怒骂总殃猪。
华筵酬客人皆爱，皮肉肝肠尽可茹。

二零零四年十月三十日

虞美人·秋夜听雨

雨中心事粘泥絮，风送萧萧语。万千意绪和烟吞，却恨几多云梦了无痕。

释怀闲放情犹在，只是疏狂改。不望漫笔写春秋，唯藉寸心倾吐爱和愁。

二零零四年十一月八日

鹧鸪天·感怀

弹指流年鬓已丝，人生苦乐任由之。世途坎坷多歧路，尘海苍茫少故知。　心未老，意偏痴，拈来瘦句写新词。春吟百卉秋听雨，解我闲怀唯有诗。

二零零四年十一月十日

高堂88诞辰

少小离家老未还，时逢耄耋享天年。
倾将碧血涂肝脑，化作淙淙不老泉。

二零零四年十二月十一日

北京老舍茶馆小憩

挹水倾壶翠入樽，沸腾香片起氤氲。
台前品茗观茶道，座上敲棋话趣闻。
琴意幽邃无俗韵，民风古朴有清氛。
桃红盈面非干酒，几盏银毫已半醺。

二零零四年十二月十一日

虞美人·寄远

心田谁种多情草，合为情烦恼。秋怀焉可解相思，莫若醉魂梦入夜阑时。

征鸿掠影归何处，又是天涯路。西窗离绪总悠悠。月似孤舟能载几多愁。

二零零四年十二月十五日

读王国钦《物语组诗》步韵和之

路

人生漫漫路何长,纵有艰难自激扬。
求索探寻趋跬步,任他坎坷到天荒。

石

不经雕琢出尘间,气自超然性不颠。
遏浪中流成砥柱,良才未必补苍天。

笔

饮墨湖心一寸丹,春秋任遣上毫端。
经年走笔书青史,留待今人仔细看。

书

日月精神万物光,辉煌一页卷千章。
花开花落随风去,天地长存翰墨香。

花

为谁绽放为谁妍,何必争春独占先。
舞尽东风花事了,唯留残絮落篱边。

鸟

燕雀啁啾向碧天,和风和雨舞蹁跹。
鸟儿也念人间事,飞上青穹看大千。

煤

袅袅烟含天地情，焚身浴火送光明。
钢筋铁骨青泥色，多少功夫化得成。

草

沐雨餐风饮露声，人称野草总无名。
不求雅士盆中养，秋岸春山处处行。

鸡

农家耕作闻声起，一唱雄鸡晓色欣。
每日司晨勤报曙，篱前引颈自纷纷。

猴

宝座焉能袖手观，拼争撕抢发冲冠。
山中无虎猴为首，一日称王一日欢。

民

立命安身性顺柔，劳辛皆为稻粱谋。
茫茫尘海难求索，风雨兼程苦作舟。

楼

登上高层可采云，谁家夜曲正欣欣。
笼中天地门窗掩，一进楼群便失群。

门

谨慎开关锁自频，重重保险拒来人。
柴扉已换钢铜铸，难敌胸怀结友邻。

风

怒卷沙尘塞上行,号声疑是降神兵。
高天凭使烟云幻,一抹流霞寄远情。

云

苍狗悠然变火龙,欲寻流影又无踪。
风停雾散凝眸处,雨霁苍穹架彩虹。

柳

枝含青翠絮浮云,叶自传馨鸟自勤。
他日霸桥凭折取,多情未必是钗裙。

梅

天赐冰肌艳丽花,披霜傲雪吐寒葩。
任人笔下描新蕊,一树芳魂入万家。

杉

几载浇培针叶茂,百年方得树参天。
青枝无畏霜风厉,犹自魁然抱雪眠。

林

出没银狐百鸟藏,风摧落叶入长廊。
林花初谢樵歌静,野雉飞时野日黄。

春

烟洞流泉万籁鸣,草深无处觅鸣禽。
诗情更比春情好,赋得花酥日吐金。

夏

溪流玉涧水如琴,古韵悠悠奏到今。
魂断葬花词一曲,痴情更比白云深。

秋

绿肥红瘦又何妨,尽得新粮入谷仓。
才见绿荷水上老,东篱又醉菊花香。

冬

漫天飞雪自蹁跹,千里冰河别梦牵。
冬至应知春不远,心香待放杏花天。

二零零四年十二月二十三日

貂裘换酒·寄远

月淡天将晓,望芸窗,寒星一点,启明苍昊。长夜难眠添惆怅,犹觉西风鸣啸。每遑对,晨霞曦照。应悔当初轻错误,感悟时,岁月催人老。心绪乱,愁肠绕。　　红尘偏是知音少,黯诗魂,人生苦旅,不堪忧扰。欲共深怀听金缕,对榻孤吟未了。正思念,遥闻啼鸟。燕雀焉知如许恨,叹此生,总为离情恼。谁赠我,勿忘草。

二零零四年十二月二十五日

暮 雪（二首）

一

宿雾遮月望云思，心事泥泞暮雪时。
寒鸟唤春人忆旧，同怀别恨有谁知。

二

一片鹅毛一片心，和风吹梦向遥岑。
茫茫天地寻难见，笑我痴情比雪深。

二零零四年十二月三十日

无 题（四首）

一

人生无计脱尘嚣，鹏骛难容燕雀高。
得失纷争缘底事，不如离索读《离骚》。

二

不羡华堂着玉袍，但求行止任逍遥。
踏遍青山芳草路，归来蓬发写新谣。

三

诗怀无意振风骚，乐得清心卧枕高。
寂寞何当闲纵笔，凭窗听雨弄秋涛。

四

谋事唯求自在身，素心恬淡性情真。
纵为草菊披香老，不做奉迎捧日人。

二零零五年元月三日

观朝拜有感（二首）

一

从来命运不关天，风雨沉浮莫信缘。
荣悴兴亡无定数，平生谁见有神仙。

二

诚惶诚恐拜佛堂，善男信女解钱囊。
怜他百愿皆空许，谋事焉凭一炷香。

二零零五年元月六日

获"诚信杯"乒赛女单冠军有感

榜花今日向谁开,如愿重登夺锦台。
拼搏有年天地老,掌声又伴贺声来。

二零零五年元月十九日

沁园春·黄河吟

　　天降神龙,腾越险滩,怀抱中州。卷狂澜怒水,涤除污淖;巨川激浪,载送飞舟。历阅沧桑,曾经战事,九曲回肠世路悠。留绝唱,纪峥嵘岁月,烟雨春秋。　　东行独自遨游,浩荡荡沉浮天尽头。更长河上下,群山草盛;大桥南北,两岸花稠。广漠情怀,高天胆魄,滚滚惊涛哮不休。归大海,挟炎黄文化,万古奔流。

二零零五年元月二十八日

八声甘州·人在凡尘

　　总以为雅士淡功名，为人自清高。看几多贤者，寒窗寂寞，各领风骚。留有琼章绝唱，万代仰风标。不做沽名客，尽脱尘嚣。　　偏是世情难测，怎桃源弥雾，雨也潇潇。念冰心一片，岂可等闲抛。笑相轻，更催耕笔，任江湖，兴浪卷狂涛。终无悔，雕虫歌赋，乐得逍遥。

二零零五年二月十日

和友原玉（三首）

一

遥望星灯万点明，兰山有景与谁登。
冰轮似解吟人意，轻撒银晖冉冉升。

二

新装初换觉轻寒，脉脉春风拂碧天。
诗意何如花意好，盈眸桃杏又芳年。

三

孤灯长伴夜吟寒，何处禽啼欲晓天。
又是清明惊梦雨，桃花魂断一年年。

二零零五年四月五日

步星汉诗兄《白丁香花》韵

红紫纷飞向曲沟，淡香凝絮舞轻柔。
魂牵云梦随风去，不让秋霜染白头。

二零零五年四月二十九日

如梦令·又见花飞

踏翠不知时暮，野色倾郊迷路。花蕊为谁春，花谢魂归何处。　轻步！轻步！忍见落英无数。

二零零五年五月十日

凤凰台上忆吹箫·秋怀

雨共云愁，鸟同蝶恨，风中落絮香残。闻杜宇、声声啼唳，难唤春还。休使诗思吟绪，随飘魄，化作尘烟。凭谁诉，千行拙句，一卷清欢。　每对风花雪月，谐素韵，何穷意远情娴。吟哦处，神游四海，笔走群山。最是人生难悟，无限事，未若超然。心如水、瘠土也做琼田。

二零零五年五月二十日

南北两山绿化区采风（十六首）

望河楼观景

谁令荒峦草木稠，造林植被作鸿猷。
军民合力山为证，黄土高原变绿洲。

游兰州碑林

一院碑林万绿间，诗书镌刻纪先贤。
溯源文化千秋史，更谱当今锦绣篇。

参观大砂沟绿化区

忆昔平沟步步艰，而今难觅旧时颜。
一枝一叶凝心血，换得家乡绿满山。

参观中川生态园林园

遥望中川感变迁，百屏千障绿连绵。
愿随企业同心力，共绘山河壮丽篇。

参观永登西山造林区

昔日荒山草不芳，而今林密紫泥香。
兴修水利除干旱，生态和谐奔小康。

参观花寨子东山桃林

东山桃林数繁枝，正是长林入暮时。
试想阳春三月里，花明树上簇胭脂。

参观皋兰"三水"造林

衣带清风拂嫩枝,鳞坑覆膜露华滋。
柠条播种成功日,应是春城正好时。

参观饮灌护林工程

倒虹吸水上高坡,汲灌蹊田草木多。
岁岁春来归燕舞,垂杨杞柳共婆娑。

兰山远眺

曾经秃岭少啼鸦,今日繁枝缀百花。
碧野良畴观不尽,重山披绿到天涯。

中正林漫步

淡淡泥香淡淡风,幽禽啼唤绿荫中。
谁知栽树人多少,汗雨滋荣万木丛。

浣溪沙·步林间小路

提灌清流化作溪,林间小路踏香泥,偶闻远处杜鹃啼。芳草天涯烟袅袅,飞花自在任东西,两山锦绣彩霞披。

参观大砂沟绿化基地

漫步砂沟翠带长,盈眸琼树一行行。
云杉挺立迎嘉客,侧柏丛生舞夕阳。
红柳衔花承玉露,穗槐垂紫吐清香。
青山迭障烟霞里,好景留人入醉乡。

游兰州徐家山森林公园

郊甸芳丛野雉藏,行来疑入白云乡。
燕飞柳外晴烟淡,蝶舞池边雨藓苍。
水漾珠光花溅露,石浮玉气草含香。
高天爽霁层林美,如画青山翠带长。

八声甘州·登九州台远眺

踏青泥漫步九州台,风斜雨飘飘。渐烟林初霁,岚气爽朗,云淡天高。处处红芳野翠,玉露满枝梢。疑是江南境,如此多娇。　　为造陇山陇水,忆背冰移土,历尽辛劳。正军民携手,汗水育新苗。护春芽、扎根荒岭,大地情、报得物华调。千秋事,金城美景,更待明朝。

水调歌头·游兰山赏金城夜景

绮阁灯盈目,紫陌草生烟。晚钟若近又远,百转荡群山。十里风情传送,一派温馨景象,祥瑞满大千。天畔星辰密,云际月儿圆。　　情无尽,思无限,绪无边,感念盎然生气,最美故乡天。纸笔权当琴瑟,奏得高山流水,度曲共陶然。人在景深处,恍若出尘缘。

二零零五年七月十二日

游黄河石林（八首）

黄河曲流

奔涛倒卷抱群峰，一泻激湍西复东。
逝水滔滔流远韵，小诗尽在浪花中。

黄河石林

尽向尘寰敞洞门，巍巍浩气动乾坤。
黄河九曲回流处，山有精神水有魂。

古石林群

谁裁石笋影巉巉，舞凤游龙抱古岩。
人在山中天地小，群峰绝顶白云衔。

龙湾绿洲

从来逝水向东流，今见黄河浪转头。
料是神龙回望眼，徘徊难舍绿杨洲。

沙滩戈壁

大漠芳洲造化奇，风吹沙砾起涟漪。
轻船河渡优游处，一片祥和景色宜。

圣境会馆

恍如世外起琼楼，傍水依山景色幽。
焉得桃源求净土，何当到此踏青游。

景泰大敦煌影视城

西部情怀大漠风，千年文化一城中。
群英荟萃丝绸路，灿烂星光映紫穹。

鹧鸪天·黄河石林畅游

九曲黄河万仞山，石林峡谷现奇观。祥云金凤崖前绕，捧日苍龙壁上蟠。　鹰展翅，雀蹁跹，景随人动有无间。一方净土传神韵，无限风情向大千。

二零零五年八月六日

烛影摇红·秋吟

绿树红墙，秋阳照映秋山美。野花艳丽野芹清，更比春明媚。伴我赏心似水。这情怀、年年岁岁。鸣禽飞处，几度花开，几番香坠。　追惜流光，休言梦短人如寐。何妨谈笑任平生，不为功名累。无疑奢华达贵，远尘嚣、行藏素位。秋寒春暖，风雨沉浮，苦甜同醉。

二零零五年八月二十五日

致星汉教授

一腔碧血一鸿儒，满腹华章唾玉珠。
传信天涯书恨少，先生近日有诗无。

二零零五年八月二十六日

龙 吟

鳞角须髯天地根，伏羲玉魄女娲魂。
横空出世凭游卧，踏海翻江任吐吞。
破雾穿云蟠日月，呼风唤雨啸乾坤。
行天惠泽施甘露，华夏图腾万古尊。

二零零五年九月二日

八声甘州·中秋夜步柳永韵

对清风阵阵晚云天，今宵又中秋。看黄河倒映，街灯桥影，佳树琼楼。欲问水中明月，圆缺几时休。波漾如轻叹，无语奔流。　　情共长澜涌动，一泻三千里，意绪难收。踱长堤凑句，步为苦思留。念人生、终归平淡，怎无端，梦里放飞舟。争知我，诗心不老，爱觅闲愁。

二零零五年九月十八日

游览白银平川区（九首）

漫步平川区人民广场

芳草成茵绿毯平，霓灯火树一城明。
喷泉远送清凉意，天地敞开无限情。

白银平川中学志感

心泉浇灌小苗青，育得良才德智馨。
待到繁枝盈硕果，满园桃李报园丁。

过平川城墙遗址

兀立田间四壁空，荒垣残堞气犹雄。
夕阳万顷炊烟袅，疑是当年战火红。

参观白银陶瓷工业

陶瓷产业久闻名，国企民营几度经。
自动流程工艺好，装修万户送温馨。

清平乐·访白银平川区

　　车行何处，又向寻诗路。遥望天高秋日午，映照一方热土。　　应邀初访平川，浮生难得清闲。感念主人盛意，酒香知是丰年。

西江月·参观靖煤靖电企业感赋

德政千秋国泰，以人为本民和，追求不息步高科，福祉一方凉热。　　产量全凭管理，资源采自山河。瓦斯发电节能多，更待明朝开拓。

鹧鸪天·漫游北武当山

清界临霄小洞天，祥云古刹起平川。经文留迹摩崖上，河岳藏珠层麓边。　　披岫色，拥翠岚，龟蛇相对意缠绵。登临圣殿凝眸处，无限风情天地间。

鹧鸪天·红山寺寄意

闻说当年庆会师，红军曾住打拉池。开元寺内观文物，纪念亭中颂史诗。　　怀旧事，瞻新碑，旌旗依旧五星辉。英雄喋血长征路，换得江山沃土肥。

八声甘州·访平川区感怀

正凉风初起送金秋，偕行访平川。瞻长征胜迹，黄湾古渡，红硖层峦。信步登临山殿，高处自凭栏。一望三千里，满目良田。　　重溯丝绸之路，感风云变幻，沧海桑田。看新兴工业，韬略绘雄篇。倡文明，和谐社会，展宏图，建设好家园。筑辉煌，甘棠福祉，盛世千年。

无 题

每对川流感逝波,寄情明月向天歌。
平生一点闲心绪,诗意何如失意多。

蝶恋花·神州六号发射成功有感

太昊幽深星几许,谁点迷津,寄梦飞天女。只见千年长袖舞,何曾一日飞天去。

神六腾空惊玉宇,梦想成真,任作寰球旅。科技创新留壮举,英雄奏凯花如雨。

二零零五年十一月八日

自 遣

性本孤行寡合人,流年飞度忌生辰。
从无揽月拿云梦,唯有雕虫自在身。
素以群书寻乐土,总将清韵洗心尘。
今宵吹烛添新岁,聊共梅兄又一春。

二零零六年二月二十六日

什川游梨园（三首）

一

盈枝娇蕊白无瑕，千树临风吐玉葩。
有客应知春易老，相机频举摄梨花。

二

莹光闪烁绿荫中，疑是三春雪未融。
满目落英飞不尽，和愁香絮舞东风。

三

林园深处步香泥，飞絮铺天小径迷。
春去春来君莫叹，残花落尽结芳梨。

二零零六年四月二十五日

纪念红军长征胜利 70 周年
会宁行（九首）

一

叱咤风云日月行，忠魂血肉筑长城。
恢弘浩气存天地，一代豪雄万世名。

二

七十春秋岁月迁，桑田沧海送流年。
披尘重步长征路，霞照飞红正满天。

三

感慨流年数十秋，历经风雨路悠悠。
宏图伟业开新宇，再筑长城汇铁流。

四

主宾欢宴洗行尘，礼意尤虔酒愈醇。
古朴民风歌不尽，会宁山水会宁人。

五

曾经血雨洗乾坤，圣地重游觅旧痕。
社稷兴亡山见证，林风旋起唤英魂。

六

万里硝烟万里风，旌旗十万会英雄。
辉煌一页垂青史，换得江山代代红。

七

缘何红土艳如桃，应是先贤热血浇。
山殿登临舒望眼，长郊草色正妖娆。

鹧鸪天·山行忆旧

又见金秋夕照红，野蹊掩映绿荫中。白云半拥流金日，翠柏长鸣烈士风。　　寻故地，忆英雄，当年劲旅撼苍穹。铁流两万彪青史，碧血铭碑绝代功。

八声甘州·会宁行

沐金秋暖意上梯台，豁眸路三千。看城关陌野，高楼栉比，沃土无边。古道不知何处，荒落变良田。蜂蝶逐香舞，隐没花间。　　更见旗悬石塔，纪长征胜利，七十周年。念忠魂赤胆，碧血荐轩辕。忆当年，风云叱咤，会三军、浩气撼云天。求真理、英雄踏遍，万水千山。

二零零六年九月二十日

念奴娇·凭窗听雨

晓窗微启，正秋风，吹送残云零雨。草野浮烟山吐雾，又惹三分吟绪。梳理情怀，追寻心路，难尽思如缕。偶闻啼鸟，更传凉意轻许。　　虚度岁月无痕，唯留乐事，家有乖乖女。曾几何时初学步，今日欲舒丰羽。借得长风，异乡求索，自踏红尘去，离怀应念，天涯谁伴孤旅。

二零零六年十二月二日

琪儿赴澳洲读研送别（六首）

一

寒窗茹苦几时休，又卷行囊向澳洲。
自古儒生皆寂寞，读书难为稻粱谋。

二

何忍初飞一雁孤，绠短汲长倩谁扶。
从今独往他州去，水远山高可识途。

三

一去游怀万里情，雏鹰振翮破云瀛。
临风试展初丰翼，却向天涯独自行。

四

碧落秋深铁鸟轻，从今隔海别怀萦。
离巢雏燕腾空去，采朵祥云壮远行。

五

不辞别路步轻盈，游子何知父母情。
望眼随云人渐远，且邀明月伴儿行。

六

休言远渡影形单，别有云途此去宽。
人隔天涯心咫尺，凭风寄语祝平安。

二零零六年十二月六日

鹧鸪天·又辞旧岁

难驻韶华付水流，一番风雨已成秋。观心无意祈新愿，对月依然忆旧游。　　吟白雪，唱红楼，感怀卮酒换貂裘。涂鸦自赏雕虫卷，瘦句当歌乐不休。

二零零七年一月一日

题　照

镜里芳华梦里身，孤怀幽抱共红尘。
匆匆世路应无欲，淡淡生涯自有真。
岁月难留留笑靥，荣华不享享天伦。
寄情山水盟鸥鹭，同是疏狂可笑人。

二零零七年二月二十日

宁卧庄雅聚

树掩层楼倚落霞，一庄隔断市声哗。
宁馨我欲常为客，到此休闲更品茶。

宁卧庄游春

牡丹初放柳烟稠，岁岁新红引客游。
池水浸霞春正好，满园国色傲枝头。

二零零七年四月二十六日

宁卧庄春晚

莺燕啼时蝶梦阑,如丝酥雨润花坛。
撷香不舍描红笔,明日还来共牡丹。

二零零七年五月十五日

宁卧庄牡丹初谢

和露飞花带雨听,莫愁落絮自飘零。
他年一度春风起,又绽枝头播远馨。

鹧鸪天·宁卧庄漫步

碧草衔花雨后明,寻芳漫步醉眸清。雕檐幽树藏啼鸟,石径烟畦绕落英。　松柏翠,牡丹馨,景风依旧紫香迎。兰亭最是闲吟处,此去长留羁客情。

二零零七年五月二十日

获全国职工乒乓球大赛女单名次戏题

义无反顾对球台,唯恐腰来腿不来。
拼得马翻人欲仰,纵然第五也开怀。

二零零七年六月二十八日

丁亥重阳

平生意气了无痕,霞落霞飞已觉昏。
庭草参差尘渐染,流光荏苒月犹奔。
总将清赋添秋兴,每对东篱忆酒樽。
莫惜枝枯重九后,抱香残菊自留根。

二零零七年十月十九日

偶得闲情

偶得闲情陌上游,一声鸟唳又惊秋。
花开花落春山老,云卷云舒岁月悠。
隐约烟城收眼底,纷纭往事涌心头。
当年梦惑今难悟,直把迷津梦里留。

二零零七年十月二十五日

怀远秋日作

几番风信对秋晖,翘望云中旅雁归。
小女怀远应似我,乡思早共落霞飞。

二零零七年十月三十日

读史有感

时空混沌世嚣无,盘古开天宇宙初。
得道舜尧称帝业,争雄刘项醉皇图。
魂惊血雨青骢老,梦断功名白骨枯。
为坐江山征伐苦,何如耕乐旧田庐。

二零零七年十一月十日

题 照

似曾相识谁家女,初步人生五百天。
自是明珠承掌上,严慈呵护每拳拳。

痛别老父亲

清魂一缕向云天，血肉之躯化作烟。
上寿九旬犹恨少，阖家从此不团圆。

二零零八年二月十四日

祭 父

一

风送悲声雨系思，但求老父九泉知。
添香焚纸篇篇化，皆是追怀泣血诗。

二

病榻呼声不忍思，归期未卜鬼神知。
回天无力成遗恨，悼念慈亲唯有诗。

二零零八年二月二十一日

生日作

懒对生辰夜暮迟，更于此日引哀思。
从今老爸无从觅，问暖唯求入梦时。

二零零八年二月二十六日

清明立碑祭父（十首）

一

杜鹃啼血不堪闻，犹恐悲声扰父魂。
择得青山安息地，长眠松下卧龙根。

二

松风拂袂送悲凉，一座青碑别恨长。
酹酒滔滔云欲雨，黄泉碧落两冥茫。

三

阴云万顷送孤魂，从此难寻老父尊。
埋骨青山松鹤伴，归休净土沐天恩。

四

山花点点为谁开，春寂风轻鸟亦哀。
无奈天收乖老爸，追思刻骨恸离怀。

五

醇醪枉自酹泉台，千盏难消悼父哀。
岁月易流人易老，终将弱骨化尘埃。

六

树无翠绿日无光，水不清凌草不芳。
离恨难书成万古，纸钱烟袅寄愁肠。

七

几回魂梦病危时，此恨绵绵系我思。
独对墓碑心泣血，冢前焚奠断肠诗。

八

寒食清明凭吊日，碑前人欲断魂时。
怨天夺父天无语，满腹悲凉化作诗。

九

魂归净土了尘缘，和雨和风独自眠。
祭酒倾杯天地醉，可曾一滴到九泉。

十

一抔黄土几重渊，别路迢迢隔九天。
从此家严无处觅，托风遥寄缅怀篇。

二零零八年四月二日

扫 墓

一

良药难将老父留，几多离恨几多愁。
孤茔新扫轻轻问，独在深山寂寞不。

二

老爸魂归已化烟，人天永隔恨绵绵。
倘能拨得时光转，日月重裁五十年。

二零零八年五月十八日

鹧鸪天·感怀

卜韵千篇自笑之，一分雅兴九分痴。春酣每念飞花后，秋晚长吟落叶时。　　云水梦，五湖思，飞鸿踏雪寸心驰。不求笔下惊人句，只遣悲欢入小诗。

二零零八年五月十九日

林园偶遇（六首）

一

情同蝶意为花痴，每到花开便有诗。
近日偏逢花正谢，吟怀苦索葬花词。

二

花落花开总有时，生生息息且由之。
人生有限情无限，尽遣心香入小诗。

三

不见繁花竞秀姿，又逢红瘦绿肥时。
落英飞尽君休叹，更有新桃缀碧枝。

四

桃园欲觅赏花诗，满目飞英已觉迟。
燕掠莺穿风过处，残香缕缕入清池。

五

点点残英落碧池，徒怜红絮别花枝。
和风送暖春深处，正是芳魂欲断时。

六

枯肠索句总无词，却见飞花动我思。
缕缕香魂传雅韵，归来已撷半囊诗。

二零零八年五月二十二日

蝶恋花·惜春

　　细雨湿尘桃杏小，卷帘东风，墙外飞啼鸟。每恐春光归去早，天涯何处寻芳草。　　岁月无情人易老，秋去冬来，安得花长好。弱柳残梅吟未了，诗成休管知音少。

二零零八年五月二十五日

鹧鸪天·汶川地震有感

　　泥石横流天欲垂，阴霾密布乱云飞。山川震撼城乡毁，风雨哀鸣草木悲。　　排大难，感猷为，人间有爱系安危。家园重建民心暖，又立甘棠德政碑。

二零零八年五月三十日

沁园春·游兰州龙源闲吟

　　如跃如奔，蟠龙翘首，意在远陬。纵园中蛰伏，神驰天外；石巅盘踞，气荡瀛洲。造化灵奇，图腾祥瑞，泽惠人间万古悠。驱旱魃，秉九霄日月，挟电遨游。　　巡天蹈海沉浮，更播雨耕云济五州。又行藏无定，名赫声威；腾骧无踪，影幻形留。或隐深渊，或躬大地，福佑农桑草木稠。怀始祖，藉炎黄裔胄，铭拜千秋。

二零零八年七月五日

步星汉《神七问天》原韵

离弦箭影绝清秋,一径风烟向斗牛。
轻步行空星汉耀,放舟奔月桂香幽。
神游玉宇苍穹静,尽展红旗浩气留。
我若他年圆旅梦,也将小作漫天讴。

二零零八年十月二日

赴临洮参加"中华诗词之乡"授牌仪式

诗乡初访正金秋,岳麓登临揽胜游。
情共洮河清澈水,吟潮竞起放歌喉。

二零零八年十月十八日

沁园春·西部风光

西部风光,一方热土,水美山佳。望黄河两岸,蒿芦飘絮;芳园百卉,蜂蝶衔花。云际鸢翔,莲池鱼跃,桥畔晴滩卧鸣蛙。优游处,有碑林白塔,落雁平沙。　陇原映日飞霞,正和煦春风暖万家。看祁连晓月,沉浮大漠;莫高壁画,名远天涯。关塞新城,羲皇故里,不朽敦煌日月遐。丝绸路,筑卫星基地,誉满中华。

二零零九年四月一日

无 题

修得虚怀物外心,茫茫人海几知音。
枕边书破三千纸,诗到无题独自吟。

二零零九年四月三日

清明祭父

又是清明欲雨天,青碑重扫绢花鲜。
香醪敬酹思无尽,黄纸题诗祭九泉。

二零零九年四月五日

行香子·郊游

　　晓露初浓,烟柳朦胧。远山静,云树千重。蜂鸣蝶舞,共醉春风。看李花开,桃花艳,杏花红。　　长桥飞跨,似锦如虹。凝眸处,瑞气融融。晴川野渡,尽入诗中。正望无尽,思无限,绪无穷。

二零零九年四月二十八日

游览兰州植物园

受邀随省诗词学会一行十余人至兰州植物园采风。正值郁金香盛开之际,满目姹紫嫣红,美不胜收。因题诗词数首以纪此行:

赏郁金香"法国小姐"

香柔不入报春诗,尽展芳妍正好时。
风雨娉婷昂首立,花开只占最高枝。

赏郁金香"夜皇后"

羞与牡丹争国色,不同霜菊傲东篱。
只将一瓣心香遣,万种风情亦自奇。

植物园游兴

城郊绿地草无涯,一院芳菲映翠霞。
姹紫嫣红观不尽,风光何用笔生花。

植物园畅游

春和天地紫泥融,豁目奇葩淡浅红。
好景焉能轻错过,诗囊已满绿荫中。

鹧鸪天·植物园漫游

一径轻车一径风,主人迎客小楼东。蔷薇幽淡烟畦里,芍药红香灌木中。　　鱼戏水,鸟栖桐,步游觅韵绿荫浓。渐行渐远寻花路,随蝶翩翩入碧丛。

浪淘沙·植物园漫吟

山水景依然,绿地阡绵。郁金香晚亦芳妍。草木葱茏遥看处,鸟自悠闲。　　石径小塘边,几点池莲,游人休叹落红残。应是明年春又好,重醉花间。

踏莎行·植物园漫步

婉啭啼莺,呢喃飞燕,银鱼逐水和风暖。垂杨丝柳絮盈盈,缠绵轻扑游人面。　　龙爪槐青,郁金香艳,红莲浮影池清浅。春酣正是撷芳时,叶繁花满深深院。

蝶恋花·植物园漫兴

点点浮萍莲叶小,红露沾衣,风细垂杨袅。湖上轻舟湖畔草,踏青疑入蓬莱岛。　　花谢花飞吟未了,蜂蝶归时,犹见青藤绕。只道此园春不老,郁金香尽菖兰好。

二零零九年五月八日

减字木兰花·独步

长郊闲步,索句欲寻春好处。草野斜阳,聊坐亭台纳晚凉。　　落红飞絮,只恐天随人老去,且待来年,还共花魂月下眠。

二零零九年五月十日

莲花山

迭嶂深如万顷波,一峰宛若水中荷。
每逢六月花儿会,云壑飞鸣天地歌。

吧咪山

水绕峰回别有天,道家圣地颂声传。
福音远播金花女,含笑青山向大千。

二零零九年八月十二日

获第一届全国老年乒乓球赛女子单打银牌有感

又洗征尘着赛装，摒弃杂念自昂扬。
何来虎胆添神力，拼得银牌夙愿偿。

注：本届大会有四十多个省、市、自治区、行业协会及解放军队参赛。竞争激烈。第一天比赛竟连打数十局。

水调歌头·获首届全国老年乒乓球赛团体金牌感赋

漫道秋英老，犹沐夕阳开。几经寒露霜降，风雨铸情怀。放眼大千世界，万物生生不息，人自尽其才。任管路崎岖，跬步向高台。　迎赛事，拾旧梦，扫心霾。场上银球飞舞，场下凝神摒气，斗志搏中来。骤觉欢声起，共贺夺金牌。

二零零九年九月二十二日

观看国庆60周年庆典

大庆中华日月辉，战机列阵九霄飞。
轰鸣礼炮山河动，仪仗三军壮国威。

二零零九年十月一日

如梦令·秋游

郊外菊畦花美,更见野英奇卉。一片好风光,望断秋山秋水。 明媚,明媚,红叶夕阳如醉。

二零零九年十月二十日

一络索·赏菊

菊畔风柔霜晓,不闻啼鸟。无穷秋色隐秋声,惜花意、知多少。 别有高怀幽抱,天姿窈窕。纵然魂断欲消时,留香骨、枝头老。

二零零九年十月二十五日

重阳有怀

重阳菊酒又盈杯,每恨严尊去不回。
造物凭天谁可拒,奈何岁月漫相催。

二零零九年十月二十七日

沁园春·秋游滨河路

　　河畔人行，桥下凫戏，陌上烟垂。正时逢寒露，晴光隐约；天衔暮日，山色幽微。十里沙汀，一川浩水，迭浪翻波卷落晖。奔湍处，看夕流淼漫，咆哮如雷。　　岸边枯叶纷飞，眺远处霜林红作堆。绕石堤漫步，难寻野卉；庭园小憩，不见芳薇。径草初黄，风光渐老，征鸟遥空独自归。秋声里，对满城晚绿，望断清辉。

二零零九年十一月六日

沁园春·致甘肃省教育促进会

　　民族之兴，国家之盛，教育为先。聚知名企业，解困扶贫；爱心人士，倾力酬捐。惠及城乡，福荫桑梓，多少寒窗期梦圆。功无量，助莘莘学子，在念拳拳。　　殷勤送暖排难，促科教兴邦写新篇。更和谐社会，万民心系；关怀公益，一任情牵。执着追求，无私奉献，乐善当歌岁复年。行义举、看千秋大业，薪火相传。

二零零九年十二月十八日

清明祭父

一

又对清明雨过天,但凭诗酒祭年年。
流云逐月匆匆去,往事如烟叹逝川。

二

眼前空有纸钱飞,又祭南山紫翠微。
一缕青烟千缕恨,奈何远鹤不知归。

三

几回询问催新集,未料书成鹤已西。
不尽追思无限恨,悼词空对九泉题。

二零一零年四月三日

悼念袁第锐先生

一

摇落寒炉一炷香,清风如咽恸离肠。
阳春曲绮吟魂断,白雪歌残别恨长。
匣掩琼章空纸砚,笔横闲集锁文房。
童心老叟归何处,天地无言晚照凉。

二

文星陨落痛师贤,弹指年华叹逝川。
学富五车归厚土,才高八斗化轻烟。
平生总为尘纷恼,此去全无俗累牵。
休恨怀人魂不返,天堂又有一诗仙。

三

碧落黄泉隔九重,而今何处觅师踪。
耆儒硕老青云士,博学多才长者风。
立雪程门思邈邈,催人岁月太匆匆。
恬园曲赋堪名世,黼黻文章一雅宗。

二零一零年四月三十日

闻舟曲遭遇泥石流有作

雨摧舟曲半湮沦，戮力排洪解万钧。
九地炎黄经洗礼，天灾难撼缚龙人。

二零一零年五月六日

兰州牛肉面

知名美食遍神州，陇右厨庖第一流。
料点清汤浮翠色，香盈大碗溢红油。
往来宾客堂中坐，抻舞龙须指上柔。
鲜辣热爽添暖意，朝朝难舍伴春秋。

二零一零年五月二十五日

楚霸王

威名盖世剑生风，气吐长虹怒发冲。
无奈孤军终抱恨，枉然霸业竟成空。
别姬浩叹缘将尽，去马寒嘶路已穷。
慷慨悲歌魂梦断，何堪天意绝豪雄。

二零一零年六月十日

闲 吟

一

绿染青山雪染头，白云苍狗自悠悠。
闲吟词曲三千阕，漫步人生数十秋。
当笑痴迷常觅韵，还将逸趣赋登楼。
兴来我欲邀鸥鹭，诗海逍遥泛小舟。

二

每嗟春色等闲抛，诗绪如同落絮飘。
不望浮名留后世，只将感慨付虫雕。
难求才溢文星照，却恐词穷笔力销。
夙念渐随东逝水，从今无梦到蓝桥。

三

诗境神游性自闲，夕阳红叶亦陶然。
诚真信是多良友，宽厚应知少孽缘。
精卫何堪填恨海，女娲岂奈补苍天。
但期尘世无邪恶，乐享人生百十年。

二零一零年八月十日

访刘家峡水电站

应邀赴刘家峡水电站采风,所到之处受到热情接待。匆匆成诗数首以表达对刘电人的敬佩与感谢:

访黄河三峡

九曲黄河两岸峰,网连电缆万山通。
当年挥汗知多少,尽在青山绿水中。

刘家峡感怀

胜境风调雨露臻,长堤截浪碧无垠。
兴修水利昭千古,当赞英雄刘电人。

刘家峡水库驱艇

碧波清似瘦西湖,锦绣山川入画图。
电力发源超百万,一方热土育明珠。

大坝凭栏远眺

钢架如林线贯山,电力百万云水间。
横空大坝同心筑,创业曾经九折艰。

水库观景

天泻黄河水倒流,清光熠熠浪花浮。
截流大坝三千尺,运送光明照九州。

赴炳灵寺途中

飞舟激起浪千层，望断奇峰兴欲腾。
碧水如蓝天宇阔，黄河到此最清凌。

游览炳灵寺

高峡平湖万壑松，层峦如削翠烟浓。
群英治得山河秀，阅尽沧桑姊妹峰。

炳灵寺观佛龛

远岸山花浅淡开，十年阔别又重来。
资源开拓留名胜，祈福何须拜佛台。

炳灵寺小憩

幽壑晴川碧障宽，登临俯瞰对清澜。
从今不羡仙寰美，何似凡间好景观。

盐锅峡采风

鸟语喧喧绿满林，盐锅旧事已难寻。
历经风雨功成就，企业名优盛至今。

八盘峡观泄洪

势如海啸泄洪飞，滋润山青岸草肥。
库水淘沙澄无际，一河清澈送光辉。

访八盘峡

九曲黄河绕八盘,凭栏初见泄洪湍。
筑堤愧我无功半,只遣明珠入笔端。

二零一零年九月十日

读《把姓广谱》有感

不求显赫有甘棠,家谱重修日月长。
把氏虽稀无小姓,同宗一脉系炎黄。

二零一零年十一月二十五日

无 题

警句难求得韵迟,团撕千纸更谁知。
只求心笔传真意,情到深时自有诗。

二零一零年十二月十日

辛卯开岁和诗

飞毫催绿一江水,落墨描新五岳图。
文魄不群恬淡质,诗魂独醒斐然殊。
行歌能唤风雷动,吟啸休教笔砚芜。
盛世太平昭日月,三千和句赋神都。

二零一一年二月八日

赠赵扶正、王翠霞医师

一

标立名优独占先,金城康乐一年年。
悬壶妙手除顽痛,济世长留锦绣篇。

二

炼得灵丹惜齿牙,殷殷救患惠千家。
无妨痼疾凭扶正,妙手回春送翠霞。

二零一一年年二月十日

贺胡志毅先生诗集付梓

浩歌流韵入吟魂,剑气盈胸日月吞。
戎马生涯多阅历,情怀无限写乾坤。

二零一零年二月二十八日

惜　春

只恐香消访雪梅,诗情总为落花催。
三千玉骨三千树,一寸相思一寸灰。
常恨东皇乘辇去,每祈南燕送春回。
又逢时暮寻佳韵,留作心中锦绣堆。

二零一一年年三月二十九日

四季吟

春　咏

梅开瑞雪未消时,好雨缠绵润柳丝。
唤醒东君风一缕,百花次第缀新枝。

夏 歌

谁掬清泉洗碧空，长林草色正葱茏。
暖香过处飞花雨，化作流云万顷红。

秋 颂

莹润黄花露似饴，风光何止在东篱。
山红水绿云霞灿，霜染枫林簇锦奇。

冬 吟

柔似浮云白似纱，漫天轻絮望无涯。
凌寒不觉秋光尽，依旧神驰拈雪花。

二零一一年五月十日

贺甘肃省诗词学会第四届代表大会召开

又振金声大地飞，关山流韵水流晖。
彩云丽日秋光好，诗帜传承众望归。

二零一一年十月二十六日

参观部队军史馆

戍楼矗立筑铜墙，初访雄师会一堂。
伟绩丰功留史册，又弘大业继辉煌。

观军史馆烈士栏

难凭寸照托哀思，岁月如歌忆旧时。
报国军魂倾碧血，缅怀无尽祭新诗。

宴中观文艺战士演出

琼筵劲舞展军容，意绪犹酣酒正浓。
绕室欢歌情似火，不知窗外是隆冬。

部队文化活动室小憩

满庭紫翠境清幽，别有奇观入醉眸。
盛世中华无战火，军营室雅胜琼楼。

二零一一年十二月二十日

时间 (和友韵)

去岁匆匆逐逝波,白驹掠影没长河。
每添憔悴春光短,常使蹉跎悔恨多。
才育童颜怀懵懂,又催白发散婆娑。
与时俱进休回首,应识韶华瞬息过。

二零一二年一月十五日

壬辰年和诗

关山迢递平荒远,古道苍茫路八千。
紫气岚烟萦北阙,高山流水集幽燕。
抚琴和曲清弦外,戏鸟鸣春岸柳边。
谐韵兴怀情几许,放歌意绪入云天。

二零一二年二月十日

咏春 (和友韵)

一城清景雪初收,远处银山豁望眸。
却步应知新草浅,踏春但觉晓风柔。
桃林湿处晴烟绕,杏雨过时爽气浮。
闹市有泉庭院静,何需乡井觅园畴。

二零一二年二月二十八日

和宋主席《玩电脑》原韵

底事今人兴致高,拼音字母指间敲。
漫游众网猫为器,尽览奇闻鼠作标。
点键谈情多惬意,临屏偷菜解无聊。
纵然世界能虚拟,天下文章岂可剽。

二零一二年二月二十九日

学习雷锋50周年有感

非为时势造英雄,清史铭留报国忠。
纵是平凡成大业,无须显赫建奇功。
青春碧血凌云气,火热红心磊落胸。
重铸国魂扬正气,甘当钉子学雷锋。

二零一二年三月十三日

清明祭父

一

几度清明几度春,甘霖无计洗心尘。
年年此日逢家祭,祈愿天堂百福臻。

二

青碑无语感零丁，祭日初春刻骨铭。
顺告家和人尽好，当安老父在天灵。

二零一二年四月五日

闲　居

一

闻说桃园草木滋，吟游只恐踏春迟。
林花带露风传韵，一缕馨香一首诗。

二

高楼栉比景风殊，水绕郊园月满庐。
通道相邻城不夜，轻车一路到京都。

三

杨柳吹绵石径幽，一天飞絮暮时收。
休叹花老春将去，更见长郊草木稠。

四

春暖燕郊景物滋，赏花四月未为迟。
寻芳笔下唯清韵，无意惊天动地诗。

二零一二年四月二十日

端午戏题

深居适得梦襄王,乐事唯求懒觉常。
旧雨不知何处去,与儿小酒聚端阳。

二零一二年六月二十三日

游兰州水车园

蒙蒙细雨中,应邀与甘肃省诗词学会一行二十人共游金城,因题:

正是堤花烂漫时,一园车水一园诗。
和烟细雨添幽意,仲夏寻芳未觉迟。

观黄河羊皮筏

漂摇逐影似仙槎,击水中流搏浪沙。
风撼游怀涛自啸,随波飞渡向天涯。

参观白塔山秦腔馆

纵声掷地吼成腔,急管繁弦气势庞。
剧种溯源为始主,引吭高唱娱乡邦。

鹧鸪天·过黄河桥

眺望山川天地遥,遐思已共五云飘。霏然雨透千重雾,淡荡风掀万顷涛。　　岚气散,燕声嘈,翻沙层浪自滔滔。青龙伏卧连南北,不愧黄河第一桥。

二零一二年七月十二日

赏《当代名家墨宝》缅怀薛德元先生

一

雄才硕学自清通,气宇轩昂儒雅风。
欣见孝行留墨宝,篇篇力作祭诗翁。

二

才高学富有家传,恨别中秋月正圆。
应是天邀贤达早,度曲蟾宫做诗仙。

二零一二年八月二十五日

念奴娇·又闻秋声

　　暮云飞度，看阵风卷起，纷纷红雨。欲写新词翻旧典，怎奈偏无佳句。宿鸟啁啾，莎蝉咻唧，落叶秋如许。惜花怜草，问谁痴绝能与。　　更忆往事沧桑，逐波岁月，不觉悠悠去。梦笔遐思天地外，春老情归何处。烛影摇红，貂裘换酒，多少悲欢诉。苏辛安在，有诗传诵千古。

二零一二年九月一日

鹧鸪天·咏黄河

　　天下黄河九曲回，奔湍卷起雪千堆。蜿蜒西出关山过，浩荡东奔大海归。　　波澜阔，浪涛飞，泻洪壶口哮如雷。高原峡谷流经处，泽惠神州沃土肥。

二零一二年九月七日

贺党的十八次全国代表大会召开

一

八方莅会送重阳，国策磋商聚一堂。
帷幄运筹同议政，中华盛世万年长。

二

国策筹谋十八回，纠偏调控细防微。
航程指引千秋计，行看神州日月辉。

三

风雨如磐六十年，峥嵘岁月更无前。
贤才引领和谐路，继往开来锦绣篇。

四

盛会又逢天地和，秋山秋水伏秋波。
黄钟大吕传新曲，中华无处不颂歌。

二零一二年九月十八日

鹧鸪天·缅怀黄汉卿先生

恶耗初闻恍梦中,遗篇把读忆黄公。梅兰逸兴斯文质,竹菊情怀雅士风。　　挥醉墨,抚丝桐,诗豪笔健纵游龙。而今撷韵仙台去,化作苍冥弄月鸿。

二零一二年九月二十日

鹧鸪天·秋游

落紫飞红入画楼,汀烟岚气水天浮。山衔夕照波随浪,篱掩重荫菊共秋。　　疏柳瘦,寸心悠,鸟魂花魄总难留。闲愁识到无滋味,纵赋新词懒说愁。

二零一二年九月二十五日

鹧鸪天·收书法致谢兰宇先生

潇洒脱尘名利疏,清心无意论荣枯。胸中块垒磊凭收放,腕底风云任卷舒。　　挥翰墨,览诗书,温文尔雅布衣儒。寄情天地凌云笔,一纸春秋入小庐。

二零一二年九月三十日

落 花

残英飘落向天涯,欲问断魂何处家。
又引别怀离梦叹,心香一缕伴飞花。

二零一二年十月四日

读《路在脚下》有赠

走笔莘耕广结缘,银球会友技亲传。
抚琴乐奏同心曲,伉俪情深到百年。

二零一二年十月七日

鹧鸪天·赠王校长、李老师伉俪

明月襟怀德善修,齐眉举案欲何求。育人施教同甘苦,以沫相濡共白头。　崇友谊,敬朋侪,更将志趣付银球。不离不弃神仙侣,无限情如天地悠。

二零一二年十月八日

贺《御心集》发行步姚先生韵

旧雨相邀白露秋,又栽新句续前游。
兴怀意骋云天外,漫笔神驰柳陌头。
把酒放吟茶韵淡,啸歌长咏菊花稠。
诗成一卷同声贺,情共黄河系九州。

二零一二年十月十二日

和传明友《咏菊》步原韵

菊英饮露草衔霜,又见东篱一径黄。
独立秋风凭际会,不争春色懒逢场。
玉魂香骨乾坤气,冰魄金裳白月光。
最是寒时添好景,几回诗酒伴重阳。

二零一二年十月二十五日

答 赠

一

莫叹流年感寂寥,秋华未必逊春娇。
沧桑阅尽心如水,修得无为远世嚣。

二

何嗟弹指送流年,休使心同岁月迁。
依旧诗怀情不老,秋风秋雨赋缠绵。

二零一二年十一月十日

赠何延忠先生

寄情荒漠治风沙,大爱如山惠万家。
壮举流芳天地改,阳关草色绿无涯。

二零一二年十一月十四日

沁园春·观"沙漠都江堰"展

古镇阳关,旱涝连年,走石飞沙。赖同心治理,疏沙筑坝;攻艰凿道,围堰填洼。数载辛劳,几期规划,探索追求岁月遐。凭信念,建桃园乐土,西域奇葩。　　碧湖红柳玄鸦,看生态平衡景物嘉。更鳟鱼养殖,脱贫万户;葡萄育种,福祉千家。湿地长林,荒丘植被,草色青青天一涯。新思路,展大漠豪情,当代英华。

二零一二年十一月十五日

袁老逝世 3 周年祭

遥祭诗魂拜月台,几回忆旧几回哀。
曲高谁识鱼龙寂,身后空留八斗才。

二零一二年十二月十五日

毛泽东诞辰120周年感赋

曾经壮举震寰瀛,统领三军万里行。
鏖战西征星火烁,挥师北上敌魂惊。
突围赤水摧封锁,抢渡乌江退伏兵。
赢得乾坤重缔造,千秋史册永垂名。

二零一二年十二月二十五日

赏海棠

庭前数海棠,玉蕊萼中藏。
花引诗情好,心怀一瓣香。

二零一三年三月六日

癸巳贺春寄语

谁寄彩笺墨色新,天涯芳信故乡人。
草书纸透诗中梦,尺素香传笔下春。
益友神交情致切,鸥盟意趣道相亲。
吉祥祈福心同此,万物和谐总是真。

二零一三年三月八日

答　友

吟山咏水有闲情，总愧诗成语不惊。
无意雕龙悬日月，但求鸥鹭共嘤鸣。

二零一三年三月十五日

青玉案·春游

东风又弄花千树，尽吹得，杨柳舞。履齿留香芳草路，斑鸠声里，闲吟人在，翠陌林深处。　采诗不觉时将暮，遥向溪山觅佳句。天地含情情几许，晓星残月，春云秋水，更有清明雨。

二零一三年四月七日

游白塔山

随风花絮绕岑楼，庭草含烟蹊径幽。
白塔嶙峋云聚散，黄河浩荡浪沉浮。
青山逸境人纷至，碧树银滩鸟尽投。
得此家园堪大隐，宅心不愿五湖游。

二零一三年四月十日

和袁老《访古琴台》原韵

一

湖月依然耀古今，高山流水总相寻。
当年离恨知多少，弦断琴台一寸心。

二

厚谊真情可断金，绝弦佳话感人深。
子期不在龟山寂，从此闲抛凤尾琴。

三

聚散难期岁月侵，伯牙琴碎谢知音。
纵然人去红尘杳，千古名山伴客吟。

四

人间重义贵如金，惜别琴台去雁沉。
不复鼓琴谁解意，月湖山水最知心。

二零一三年四月十五日

驾高尔夫球车游华彬庄园

轻车恍若出红尘,好景通灵笔有神。
豪厦比邻园似锦,远山遥时草如茵。
一方康乐繁华地,千百辛勤实干人。
紫气东来金色路,桃园世外梦成真。

高尔夫球场小憩

旖旎风光翠色盈,一杆挥就起欢声。
含胸小运丹田气,击落银球入草坪。

一行六人骑双人自行车游园

又到垂杨吐絮时,春郊草浅露华滋。
踏车驰逐喧声乱,聊发疏狂笑入痴。

二零一三年年四月三十日

琪儿喜楚即兴

一

曾几何时襁褓中，恍然总是小黄童。
如今创业尝甘苦，堪慰吾儿羽翼丰。

二

美好姻缘几世修，青春有梦正风流。
此生谱得同心曲，地久天长共白头。

二零一三年七月六日

神州十号升空

一

又见神舟向碧穹，腾云吐雾驾长虹。
天空教学连天地，伟绩功归国力雄。

二

神州十号太空行，电掣风驰万里程。
携出红旗悬日月，星光闪烁耀寰瀛。

二零一三年七月八日

永登武胜驿镇采风

仲夏随甘肃省诗词学会一行二十余人赴永登县武圣驿镇采风。所到之处风景如画,景象迷人。陶醉于原生态草原美景之际,更为武圣驿镇日新月异的变化而感慨万千。成诗词十余首以纪此行:

过奖俊岭林区

绿茵如毯野花鲜,雨后高原别样天。
纵撷云霞研彩墨,难描驿镇好山川。

登向阳村鱼龙山远眺

断续风传断续香,田原秀美菜花黄。
无边绿野镶金毯,如锦青山缀白羊。

参观兰州富强微量元素厂

科学配方元素微,水溶滴灌果蔬肥。
几多汗洒营销路,屡获名牌美誉归。

藏乡风情石家滩

生态天然百卉芳,晚村恬静好风光。
心怡神爽留连处,欲把他乡做故乡。

向阳村新貌

碧水蓝天草色匀,盈眸郊甸绿成茵。
耸山当笔川为墨,尽写小村面貌新。

参观农牧养殖业

联村联户济时方，畜牧增收建小康。
深化链条成产业，高新科技育牛羊。

赞日光温室基地

温室光和别有天，新蔬反季味尤鲜。
配方测土无公害，创业精神代代传。

今日长丰村

教育为先早有闻，农家书屋座无尘。
街墙院舍重修整，福祉千家驿镇人。

参观火家台村

勤耕劳作共脱贫，豌豆葡萄次第新。
千座大棚光照好，高原夏菜富村民。

游石家滩生态草原

高原长甸净无泥，绿野深丛隐雪鸡。
古朴民情人欲醉，留连不觉日初西。

武圣驿镇郊游

虫鸣残暑菜花黄，踏草归来屐齿香。
瘦地勤耕风日好，万千感慨入诗囊。

八声甘州·登鱼龙山俯瞰远村

看自然山水领风情,草原小花稠。有奇峰峻岭,松涛林海,沃野良畴。更见绿荫峡谷,山静鸟声幽。瑞气萦天外,心荡神游。　　拾级登高临远,对万千景象,望眼难收。感农村新貌,恍入绿莎洲。瞻前程,争当名镇,设平台,决策运鸿猷。同祈愿,一方热土,昌盛千秋。

二零一三年七月二十三日

鹧鸪天·闻岷县等地遭遇地震有感

地动山摇雾雨霾,陇南无妄遭天灾。忍离故土何其恸,痛失亲人不胜哀。　　蒙救助,送关怀,军民志士八方来。家园纵毁重修建,大爱之花遍地开。

二零一三年七月二十六日

北京龙脉温泉度假村 20 周年庆典贺（藏头诗）

龙影透迤蟠玉楼，脉连四海竹林幽。
温莹碧水氤氲绕，泉澈清池潋滟收。
前景永昌歌盛世，程云无限赋春秋。
似仙如幻蓬莱境，锦地堪称第一流。

二零一三年十一月十日

收英国皇家艺术研究院授荣誉院士、客座教授有感

慨叹"皇家"聘请迟，捧书不觉笑吾痴。
浮名纵得谁同享，当告在天家父知。

二零一三年十一月十二日

步毛泽东《有所思》原玉，以纪伟人诞辰120周年

正是凌霜冻雨时，青松傲挺岁寒枝。
千寻苍昊流云卷，九曲黄河逝水驰。
华夏岿然惊玉宇，江山依旧舞红旗。
凭栏遥看纷纷雪，天地无声若有思。

二零一四年一月十六日

参加陈田贵先生诗词研究会

未必今声逊旧章，好诗又读韵铿锵。
新篇吟诵新时代，更有豪情胜汉唐。

二零一四年一月十六日

鹧鸪天·贺甘肃省诗词学会青年委员会成立

景物欣欣桃李荣，英才荟萃结诗盟。高山流水逢知己，白雪阳春觅友声。　　词遣意，墨留馨，长吟短诵各嘤鸣。放歌陇上传佳韵，寄语青春无限情。

二零一四年三月二十日

鹧鸪天·贺《行吟集》付梓

佳句琼章妙手裁,腹中锦绣向谁开。行书筑得黄金屋,漫笔磨穿紫砚台。　　冰玉质,不凡才,苦吟闲赋自悠哉。心香一瓣情无限,化作奇文写素怀。

二零一四年四月三日

鹧鸪天·纪念陶渊明诞辰1650年

傲骨超凡脱俗尘,冰心淡泊性情真。索居故土田庐旧,隐逸诗魂境界新。　　桑竹梦,布衣身,东篱采菊醉中人。感时又读桃源记,千古重温笔下春。

二零一四年四月四日

清明祭父

一去灵台已六年,奈何宿命奈何天。
小诗难尽追怀意,化作焚烟祭九泉。

二零一四年四月五日

赞女兵仪仗队和诗友原韵

仪仗三军阅女兵,英姿飒爽展荧屏。
精神抖擞班师过,衣着庄严逐队行。
玉树临风皆战士,赏心悦目赛明星。
国防使命同担负,个个堪称穆桂英。

二零一四年五月十五日

赠沈阳军区大连疗养院李院长

千宗归祖物归根,又见英才出李门。
雕玉缕金成大器,丹心碧血报乾坤。

二零一四年五月二十七日

中国梦

一

史诗厚载赋春秋,华夏文明岁月悠。
民族邦交同发展,和谐社会共追求。

二

科技为先国力强，宏观调控助农商。
腾飞有策功成日，福祉民生享小康。

三

盛世春秋景物和，中华今不起干戈。
山如磐石河毓秀，强国梦圆天地歌。

二零一四年五月三十日

忆"九一八"事变

倭寇无由挑事端，觊觎华夏好河山。
同仇敌忾雄疆土，抗日烽火遍宇寰。

忆南京大屠杀

神州泪赋雨花台，日寇屠龙万骨埋。
纵是尘封成历史，勿忘国耻共情怀。

忆抗战岁月

国恨家仇旧事存，何堪血雨湿黄昏。
当年有证天边月，曾照万千含怨魂。

观海防演习有感

舰队巡行锐气腾,辽宁舰母载银鹰。
北洋往事成遗恨,沧海桑田感废兴。

二零一四年六月五日

荧屏观伊拉克战乱

何当交往礼如宾,纵是天涯若比邻。
世界和平同逐梦,休教战火再殃民。

荧屏观纪念诺曼底登陆 70 周年

一

几重绽放白蘑菇,天降神兵敌万夫。
历史重温怀圣战,人寰尽展太平图。

二

掠夺殃民失道孤,环球共愤战如荼。
史书刻骨长铭记,称霸侵邻天亦诛。

二零一四年六月十二日

水调歌头·纪念孔子诞辰 2565 年

未竟周游志,讲学聚贤人。忧民鞭挞苛政,知命信天伦。崇尚礼仪忠恕,提倡君臣德治,问政谒朱门。克己修心性,严教重师尊。 授之道,行于礼,孝为仁,著书立说,伦理美学尽求真。整理历朝文献,修改春秋史籍,成就圣名存。传世有论语,千古祭如神。

二零一四年九月八日

赠 友

偕老何怨白发添,不离不弃礼相谦。
恰如玉箸成双对,共品人生苦与甘。

注:箸指筷子。

二零一四年九月十日

缅怀张雅琴

只把基层作战场,呕心沥血为家乡。
感天事业传千里,动地情怀系一方。
漫道曾经风雨苦,于今留得口碑香。
精神不朽同追念,遥祭英灵万古芳。

二零一四年九月十九日

观"第二十三届中国金鸡、百花电影节颁奖典礼"有感

任管风寒细雨濛,明星璀璨耀秋空。
百花丛里金鸡舞,恍若身临梦幻中。

二零一四年九月二十七日

清平乐·秋思

月沉云晓,寂寞闲庭草。霜满东篱雏菊好,风雨偏催人老。　　多情自笑如痴,寸心更有谁知。惆怅秋山秋水,悲欢尽付清词。

二零一四年十月十八日

读《有缘乒乓六十年》有感

一

悠然行履遍瀛洲，无憾生涯乐未休。
阅尽沧桑情不老，且将华发系金秋。

二

天长地久两心同，快乐乒乓意未穷。
莫叹韶华如逝水，尽留岁月在书中。

三

乒坛征战任优游，夺锦归来岂肯休。
正是夕阳无限好，放怀更上一层楼。

二零一四年十月二十日

秋　情

心潮浮水水浮空，虫泣寒秋草木同。
堤柳枯荣烟雨里，岸花开谢鸟声中。
云飞天畔千窗月，影动楼台一径风。
休叹春归无觅处，远山霜叶正摇红。

二零一四年十月二十五日

荧屏观珠海航展空军八一飞行表演队

新机亮相列晴空，翻滚轰鸣气势雄。
腾雾披云如掠燕，人间天上架长虹。

俄罗斯勇士队

银鹰比翼队成编，列阵穿梭吐彩烟。
飞弹曳光如焰火，明珠一径向云天。

阿联酋骑士队

竞吐祥云簇锦奇，并飞恰似鸟相依。
民和国泰同圆梦，世界何需战斗机。

民间飞行表演队

飞梭俯仰白云开，群英冲霄去又来。
游刃舞台天地阔，空中芭蕾漫徘徊。

二零一四年十一月十一日

退休抒怀

曾几何时两鬓华,无须谋事问桑麻。
秋深郊外听鸣雁,春暮亭前踏落花。
赋得清词谐雅韵,邀来旧友品新茶。
打球只为舒筋骨,乐享悠闲沐晚霞。

二零一四年十一月十九日

观西域隐士晨练

晨练朝朝晓月残,严冬不畏五更寒。
钦君意志坚如铁,赢得口碑传武坛。

二零一四年十一月二十三日

失 眠

人未朦胧夜未央,壁灯如月照空床。
长宵不寐诗成后,又见南窗露晓光。

二零一四年十一月二十五日

感 怀

一

云舒云卷春色短,年来年去昊天长。
吟风咏月须及早,莫待花飞寒草黄。

二

有作何愁逊李唐,高情雅韵尚堪当。
每求灵感抛秃笔,梦里诗成喜欲狂。

三

整日偷闲整日忙,练功忘却一身伤。
但求心静精神好,夜夜无忧入梦乡。

四

旧业重操苦练忙,牌桌凑数破天荒。
忘怀不觉时将暮,乘兴归来对夕阳。

二零一四年十一月二十八日

永遇乐·秋兴

千里流晖，万山飞絮，秋意无限。草径虫鸣，林间鸟喙，落叶红豀涧。长河浴日，高天溢彩，伫看白云舒卷。羡青莲，扁舟一叶，举舻五湖行遍。　　东篱菊寂，杨槐掩隐，偶过衔霜寒雁。斗转星移，春来冬去，大地枯荣换。晚英纷谢，朝花夕拾，应识人生苦短。莫辜负，斜阳正好，裁诗不倦。

二零一四年十一月三十日

荧屏观北京打工族家居报道有作

一

蜗居何似醉乡宽，底事楼高不可攀。
纵有万千华厦起，几多寒士笑开颜。

二

风破茅庐只怨天，徒劳诗圣有遗篇。
而今大厦如林立，羞涩囊中也枉然。

三

工薪几代梦难圆，陋室存身屡被迁。
焉得层楼人尽有，安居乐业享天年。

二零一四年十二月八日

无 题

超然物外有谁同，天地枯荣一笑空。
何为迷津寻上下，不妨放浪任西东。
渐磨锐气红尘里，消遣疏狂绿蚁中。
难得冰心如止水，尽将傲骨付穷通。

二零一四年十二月十二日

赠 友

除却光环除却名，同归庐舍一身轻。
从今尽可闲乘月，也伴骚人赋落英。

二零一五年一月三日

赠兰州通备武学发展研究会

身教言传共执鞭，张家大院谱新篇。
弘扬通备同心力，武学精深万代传。

二零一五年一月六日

八声甘州·赠兰州通备武学发展研究会

　　有武林泰斗陇原行,壮心写春秋。领张家子弟,弘扬国粹,誉满全球。邀请八方贤士,参赛重交流。襄助各门派,同建鸿猷。　　情系中华武学,尚悬壶济世,救患消忧。唤全民建体,更上一层楼。聚豪雄,传承通备;促和谐,盛典策嘉谋。携桃李,金城论剑,共主沉浮。

二零一五年一月十三日

《师之荣》续后有感

一

宅心宽厚待朋俦,博爱甘为孺子牛。
孜孜不倦留翰墨,一腔热血写春秋。

二

岁华同享苦同舟,济济一堂才俊优。
汗洒杏坛花似锦,激情豪迈志趣投。

三

开卷犹闻掷地声,尊师爱教有莘耕。
栽培学子知多少,笑看满园桃李荣。

四

敬业躬行德艺馨，无私奉献未曾停。
频繁赛事勤参与，赢得金牌灿若星。

五

秋后霜林似火红，芳春依旧在胸中。
爱心广织亲和力，一缕阳光耀碧空。

六

南征北战不辞劳，竞技乒坛夺锦标。
挥汗赛场传友谊，银球飞处百忧消。

七

管鲍之交著述多，豪情何逊大风歌。
人间快事盟鸥鹭，古道热肠天地和。

八

胜地遨游万里行，夫妻恩爱最关情。
百年回首应无憾，共享金秋烂漫晴。

九

温文尔雅爱家人，腹有华章笔有神。
鸿爪雪泥留印迹，著书立说享天伦。

十

玉照重翻忆旧年，休教往事去如烟。
留存长卷呕心血，不枉人生几万天。

二零一五年一月十五日

缅怀著名植物学家刘慎谔先生

一

离乡背井向山陬,科考不辞千里游。
著得鸿文留史册,丹心热血报神州。

二

曾在异乡为异客,归根报国展经纶。
白山黑水披风雪,绿野黄沙踏塞尘。
情系自然求探索,运交华盖未沉沦。
献身科学终不悔,阅尽人间锦绣春。

二零一五年一月二十日

一丛花·春日感怀

又逢桃李嫁东风,万绿似情浓。河边碧柳千丝袅,最堪爱,痴蝶游蜂。噙香饮露,嗡鸣醉舞,飞入百花丛。　　时光荏苒复秋冬,岁月去匆匆。新词赋得谁同赏,旧鸥鹭,难觅芳踪。茫茫人海,重重山水,何处托诗鸿。

二零一五年二月二十一日

无题四绝句

一

芳菲引客步香尘,觅韵初探陇上春。
吟咏风花唯秃笔,小诗何用语惊人。

二

往事如烟已化尘,唯留耕笔一犁春。
心期几许情无限,还是寻常梦里人。

三

休教紫砚染埃尘,淡墨濡香笔下春。
曲水流觞酣畅处,多情应笑写诗人。

四

透帘杏雨浥芳尘,何处莺啼燕掠春。
半掩芸窗吟榻暖,诗成聊寄远方人。

二零一五年二月二十三日

蝶恋花·生日闲吟

镜里青丝何日换,斗转星移,两鬓霜花乱。岁月如梭春色短,浮华似梦休迷恋。

踏雪行歌梅作伴,笔下千章,未觉诗思倦。更待晚霞红烂漫,天涯尽处凭栏看。

二零一五年二月二十六日

小专升职有感

一

从来实践出真知,天道酬勤少壮时。
游刃职场成大业,一方独挡任驱驰。

二

顺时莫忘逆时寒,未必云途此去宽。
"高处何如低处好,下山更比上山难。"

二零一五年二月二十八日

失眠闲题

不期弄海戏狂潮,无意雕龙上九霄。
唯愿诗催心笔润,每因韵遣梦魂遥。
貂裘换酒怀豪放,烛影摇红解寂寥。
又是凭窗听月夜,小楼吟魄远尘嚣。

二零一五年三月二十日

代外子祭

每逢寒食忆高堂,失怙何依别恨长。
底事英年乘鹤去,黄泉碧落两茫茫。

二零一五年三月二十七日

捣练子·祭父之一

愁千缕,恨千寻,一寸离怀一寸心。天亦解情山欲雨,松风共我放清吟。

霜天晓角·祭父之二

残灯晓月,窗外风如咽。又是清明寒食,遥相祭,词三阕。　　未曾话别,从此音尘绝。唯有题诗凭吊,思不尽,空悲切。

江城子·祭父之三

七年长恨别高堂,恸离肠,自凄凉。空有报怀,无处奉罗裳。词赋怎书追念意,多少事,总难忘。　　朝曦倏忽已残阳,世无常,费思量,如梦人生,天地两茫茫。又见碑前衰草绿,逢家祭,酹壶殇。

二零一五年三月二十八日

丝绸之路忆旧怀今

一

山重水复马蹄遥,大漠晴烟接碧霄。
万绿铺成香草路,百花化作彩虹桥。
锦风细雨春光灿,圣世嘉年景色韶。
使节缔盟频出访,安邦修好共天朝。

二

戈壁飞沙起蜃楼，几多驼队此中游。
东来渭水冰三尺，西去敦煌梦九州。
文化交流传万代，丝绸贸易盛千秋。
步尘古道经中亚，友好通商客路悠。

三

丝绸之路筑辉煌，互访流通盛汉唐。
马过雄关舒望眼，驼行大漠踏斜阳。
风旋塞外飞花雨，雪绕云中舞凤凰。
古老文明留史册，峥嵘岁月万年长。

四

峰回路转向天涯，万里风尘万里沙。
野雉声中行马队，蓬丘深处起胡笳。
小城旧事烟云淡，大漠传奇岁月遐。
故土情牵游子梦，文章千古写芳华。

五

紫塞雄关垒石坚，放吟盛世太平年。
神游杳漫丝绸路，领略春秋锦绣篇。
友善远邦嘉德著，昌明古国美名传。
长天寥廓翻红雨，留得馨香满大千。

六

筑就通途大陆桥，千回万转路迢迢。
秋高草盛山河秀，春暖花明日月昭。
华夏文明传海外，友邦古乐入云霄。
流金岁月垂青史，必竟新朝胜旧朝。

七

一望无涯紫陌陲，丹霞如血染崔巍。
丽天胜日风光好，乐土仙乡草色肥。
丝路蜿蜒花雨落，山河锦绣彩云飞。
陆桥铺就连欧亚，友谊长存日月辉。

八

黄钟大吕起春波，时代新篇振玉珂。
漫漫长天星汉灿，迢迢航路月明多。
昌隆国运千秋盛，旖旎风光万物和。
民族复兴今胜昔，神州响彻遏云歌。

二零一五年四月六日

甘肃土特产

兰州百合

瓣瓣精雕玉出尘,晶莹如雪自清纯。
百年好和传祥瑞,炸炒煎蒸席上珍。

定西土豆

不攀权贵不趋炎,尽许家家入菜篮。
简可充饥宜老幼,丰能佐酒解沉酣。

武都搅团

今日尝鲜为解馋,曾经岁岁盼新镰。
佐餐果腹由丰简,阅尽人间苦与甜。

刘家峡草莓

天赐玲珑照眼红,采莓疑入百花丛。
春风一缕携香过,便引诗情入垄中。

甘肃小吃

果腹养生谁可离,陇原小吃最称奇。
如醪消渴甜醅子,爽口提神辣酿皮。
酸菜煮鱼能上瘾,陇西腊肉可充饥。
砂锅暖胃饥肠热,灰豆香甜老少宜。

兰州瓜果

水果飘香绕市衢,新蔬鲜翠品名齐。
伏天消渴黄河蜜,数九驱寒冬果梨。
甘草杏甜销阜外,白兰瓜好漫田畦。
高山滴灌清泉水,桃满园林菜满蹊。

注:黄河蜜,兰州瓜名。

冬果梨,将冬果梨与冰糖熬至酥软热食,香甜可口,清喉润肺,是兰州知名小吃。

二零一五年四月八日

春 游

拂面清风送暖香,倾城草绿柳丝长。
任他时序如流水,花自芬芳蝶自狂。

二零一五年四月二十日

赴苏州参加中国乒乓球协会会员联赛总决赛之余畅游江南感赋

一

随团参赛到江南，兴致犹如草木酣。
暂且收心迎苦战，鸣金再赏百花潭。

二

如林强手各为营，团队拼争榜上名。
未落孙山当笑慰，偃旗息鼓畅心旌。

三

异草奇花别样幽，拱桥隆栋枕江楼。
凫浮绿水人家绕，呷饮新茶荡小舟。

四

五月江南又送春，小园花露湿芳尘。
一行鸭戏清溪水，几个悠闲踏翠人。

五

十里风传草木香，江南始信赛天堂。
晓园美景留人醉，心怡神爽乐未央。

鹧鸪天·江南游感怀（二首）

一

诗兴犹存又上楼，重峦草盛翠盈眸。痴迷蝶意随春闹，断续鹃声引客游。　山路漫，绿荫稠，一花一木自风流。长林枝密莺飞处，风送清香入紫丘。

二

望断青山意万重，相期携侣浪萍踪。问川行旅兴方好，游胜裁诗笔未慵。　春陌上，画亭中，身披花雨踏残红。新醅对饮千杯少，共话西窗听雁鸿。

二零一五年四月二十五日

乙未年初夏缅怀袁第锐先生

一

文章名世墨留痕，耳畔依稀笑语温。
若可轮回重立雪，再蒙教诲拜师尊。

二

诗成每得细评论，赐墨淋漓手泽存。
犹念当时同畅饮，此心无悔立程门。

三

难却当年旧梦痕,空怀志向报无门。
唯留一愿遵师训,也倩诗魂振国魂。

二零一五年四月二十八日

阖家赴天津与外子四十年前的老战友聚会即兴

偶逢畅叙忆相知,难忘如歌少壮时。
聊发疏狂同放饮,任他鬓发已成丝。

二零一五年五月二日

父母爱如山

爱大如天父母恩,辛劳盼子跃龙门。
放飞丰翼方堪慰,无怨含饴又弄孙。

二零一五年五月九日

少年游·长城（二首）

一

民夫血泪化洪荒，白骨筑边墙。汉关秦塞，蜿蜒万里，御寇固金汤。　　人间奇迹留青史，龙脉耀炎黄。一枕翠微，岿然屹立，千古阅沧桑。

二

江山万里沐骄阳，青嶂百花香。广天厚土，雄关漫道，紫塞向苍茫。　　烽烟已化云烟绕，盛世醉歌长。看我中华，铜墙铁壁，明日更辉煌。

二零一五年五月十日

初学微信即兴

一

指上琼章发送频，人文除惑解迷津。
趣图轶事同消遣，海角天涯若比邻。

二

人生何处不相逢，任管天南隔岭东。

微信轻输听故事，朋俦重忆扫尘封。

行吟有感情难尽，传韵无声意已通。

漫把悲欢留岁月，沧桑都付笑谈中。

二零一五年五月二十日

贺党的生日

安民廉政国之基，志共长城不可移。

九十四年风雨路，神州依旧舞红旗。

鹧鸪天·贺建党九十四周年

锤铸忠魂血浴镰，远航拨雾举行帆。开天历尽风和雨，辟地曾经苦与甜。　　怀赤县，忆湘潭，红旗漫卷思红岩。今逢盛世惊寰宇，纲纪重颁新政廉。

二零一五年五月二十三日

浪淘沙·戏题

柳意正缠绵，遍访名川。酒缘不结结诗缘。未料淹留陈疾里，又得清闲。　　连网夜无眠，微信频传。图中鲜果引垂涎。相约黄河游筏上，共享榴莲。

注：初学微信，开机见咏榴莲诗一首，图文并茂，几欲垂涎。恰师友亦同感。于是相约，返兰后在羊皮筏上同享榴莲。二人不亦乐乎。

二零一五年五月二十五日

悼聚川先生

曾看龙蛇落笔痕，举觞泼墨古风存。
如今散尽乾坤气，化作江河碧水魂。

二零一五年五月二十六日

巫山一段云·郊游

郊甸飞红雨,河桥枕碧流。花飞花落遍渠沟,柳外小亭幽。　烛影摇红韵,貂裘换酒讴。枯肠觅韵且登楼,向晚放吟眸。

醉花阴·郊游

郊野蝉鸣蜂蝶舞,鸟语传千树。山叠水云重,绿草红泥,轻步寻芳路。　落英飞絮飘无数,香魄归何处。诗梦自销魂,秋月春花,吟断朝和暮。

蝶恋花·郊游

蝴蝶蹁跹兰蕙圃,紫陌红香,草溅盈盈露。棲鸟啁啾声不住,恍如唤我轻挪步。

杨柳舞风春暗度,物换星移,阅尽桑榆暮。赋得新词倾意诉,心中没个安排处。

二零一五年六月二日

悼东方之星游船沉没

不测风云骤雨狂，同胞数百陨长江。
游船梦断惊涛里，此去天堂望故乡。

二零一五年六月七日

浣溪沙·闲吟

谁说浮生已是秋，犹追诗梦荡轻舟，更舒望眼上层楼。
雪月风花吟不尽，情怀依旧復何求，兴来唤侣踏莎游。

二零一五年六月十一日

出行难

昔时蜀道上云端，太白叹行觅路难。
今日通衢偏更堵，车衔车尾似龙蟠。

二零一五年六月十二日

卜算子·闲吟

物外自无求,流水情何已。不负心中一念存,秃笔难轻弃。　听雨诉闲愁,和韵酬知己,吟尽残红望断秋,倾我怜春意。

二零一五年六月十六日

农家乐小聚

隐逸青山绿水中,农家庭院晓风融。
窗明几净茶香淡,树茂花稠草露浓。
席上行令分左右,檐前飞燕复西东。
紫泥未透疏疏雨,但见蔷薇别样红。

二零一五年六月十七日

蜗　牛

壳中缩颈自悠悠,躲进蜗居似掩羞。
身着戎装头顶角,无力耕耘枉称牛。

二零一五年六月十八日

纪念抗日战争胜利70周年

一

中华疆土起硝烟，社稷危亡忆旧年。
战地残阳凝碧血，芦沟晓月泣云天。
神州尽洒屠龙泪，史册长留抗日篇。
正义之师终奏凯，欣逢盛世慰前贤。

二

一从战火犯幽燕，民不聊生冰火煎。
长白山悲风似号，雨花台咽血成川。
同仇敌忾歼倭寇，重整河山洗旧天。
七十春秋如逝水，放歌胜利庆年年。

三

一纸降书举世欢，雪湔国耻缅先贤。
八方劲旅迎征苦，无数英躯为国捐。
戮力全歼侵略者，同心尽涤尧舜天。
澄清玉宇收疆土，圣战当歌向大千。

二零一五年六月二十五日

浪淘沙·游秦皇岛

碣石有遗篇，世代相传。始皇拜海乞仙丹，孤竹千年文化史，溢彩斑斓。　　京冀后花园，北倚燕山。得天独厚景依然。碧岛风光观不尽，名满瀛寰。

二零一五年七月二日

莫斯科餐厅小聚

"老莫"重邀忆旧游，芳年弹指便成秋。
捧盘故做垂涎状，哪管霜花已上头。

注：老莫——北京莫斯科餐厅，俗称老莫。是我们当年最喜欢的西餐厅。常相邀欢聚于此。

二零一五年七月五日

参加全国老年乒乓球赛后即兴

圆梦乒坛未觉迟，吟游揽胜正逢时。
孜孜不倦终无悔，半为银球半为诗。

二零一五年七月十二日

街　行

又得闲暇结伴游，街衢漫步雨初收。
心忧飞燕归何处，难觅当年小画楼。

二零一五年七月十五日

贺金昌诗词学会成立

西戎牧地起商周，千载古郡塞月悠。
大漠朔风飞雪舞，绿洲芳甸野烟稠。
镍都形胜资源广，龙岭嵯峨景色幽。
又结诗盟传国粹，放歌盛世写春秋。

二零一五年七月二十五日

八声甘州·岷山论剑

　　聚八方贤俊陇原行，名山会豪雄。看武林胜事，英才荟萃，各显神功。对练刀光剑影，枪舞化飞龙。但见拦门撅，气吐长虹。　　更有鞭杆短棍，展独门绝技，拳脚生风。且怀襄师望，后继壮心同。问行藏，惺惺相惜，共交流，切磋意何穷。传薪火，弘扬国粹，武备文通。

二零一五年七月三十一日

贺冬奥会申请成功

又迎盛会举华旌,冰雪缘牵奥运情。
体育精神呈世界,神州响彻庆功声。

二零一五年八月一日

绢 花

柔绿殷红透紫香,何因花谢感无常。
瓶中一束经冬夏,斗室无时不绽芳。

二零一五年八月二日

鹧鸪天·咏水

汇入渊潭可潜龙,浊清幻化杳然中。以柔克刚能伸屈,施泽生财广纳容。　凭聚散,任西东,祥光瑞气自融融。魂归江海流辉远,济世周天造化功。

二零一五年八月十五日

浪淘沙·客途秋恨

初访阅江楼，客路悠悠。途中景物入吟眸。万顷碧云斜照里，一水奔流。　　何处鸟声柔，知是鸣秋。旅情欲胜兴偏幽。暮雨无声应有恨，也替花愁。

二零一五年八月二十一日

和宋主席《逛书摊》原韵

摊内图书一望收，每因悦目上金钩。
奇谈怪论撩闲趣，绿女红男晃眼球。
文不对题人且奈，词难达意鬼都愁。
翻开封面皆糟粕，原是绣花糠枕头。

二零一五年八月二十四日

贺中华诗词学会第四次代表大会胜利召开，步马凯同志原韵

烟雨初酣未觉迟，濯清千载老龙枝。
同研宋律弦清弄，共续唐音韵远驰。
且度雄歌惊俗曲，又闻动地感天诗。
欣逢盛会人欢聚，正是秋光最好时。

贺张克复会长当选中华诗词学会副会长

传来喜讯贺辞多,佳作琼章正气和。
诗振中华旗共举,陇山陇水起欢歌。

二零一五年八月二十五日

微　信

虚幻空间苦用心,焉凭微信觅知音。
七分礼节三分赞,博得奖牌铜镀金。

二零一五年八月二十七日

屏幕观纪念抗战胜利70周年阅兵仪式有感

一

寰球带砺共修盟,礼炮轰鸣七十声。
气壮山河天地动,中华儿女筑长城。

二

国旗升处五星明，激起深深爱国情。
胜利凯歌传四海，寰瀛瞩目阅雄兵。

三

强将精兵属一流，三军锐气撼神州。
雄师怒吼东方立，洗尽"病夫"民族羞。

四

神采飞扬逐队过，轩昂气宇撼山河。
英雄血染红旗灿，更忆当年抗敌倭。

五

老兵方阵展雄姿，岁月流金忆旧时。
不朽功勋铭史册，丹心无愧夕阳迟。

六

换去时装粉黛抛，女儿才略展戎韬。
共肩使命经风雨，飒爽英姿意气豪。

七

仪仗三军健步行，整齐方队列雄兵。
阵容犹似长城屹，见证辉煌举世惊。

八

气势恢宏驭碧空，银鹰次第吐长虹。
铁军利器中华梦，大国图腾起巨龙。

九

为求大地熄烽烟，不爱殖民奴役煎。
尽显强军威慑力，维和盛世太平年。

十

历史重温经国殇，外交鸿略奏华章。
阅兵使节神都聚，共建和平日月长。

二零一五年八月三十日

虞美人·中秋

　　有朋相约山庄聚，闻鸟花间语。小园茶话意何穷，满目菊黄星淡月华浓。　　秋情更比秋风爽，天际云如漾。松花飘洒落衣巾，偏是每逢佳节倍思亲。

二零一五年九月二十六

动物园闲吟

孔 雀

娉婷绕石台,羽翼为谁开。
缘见红装女,争妍媲美来。

鸟 儿

唧唧复嘤嘤,笼中燕雀鸣。
唯闻声婉转,焉解鸟吟情。

猴 子

高卧黑甜乡,猴威震一方。
此山无老虎,坐地可称王。

狐 狸

闲慵卧栅栏,哪管日三竿。
不用偷鸡累,园中供美餐。

长劲鹿

高大不张狂,偏生脖颈长。
从无欺弱小,体壮性温良。

二零一五年十月十五日

游石佛沟

石径蜿蜒白日悠，枫林渐晚菊初收。
霜衔彩墨凝山麓，漫染长郊万顷秋。

二零一五年十月二十六日

和友赠诗

岂容岁月等闲抛，难弃雕虫每试刀。
更有银球强体魄，不辞华发着征袍。

二零一五年十月二十七日

夕 阳

残阳欲坠吐斑斓，知是沉昏瞬息间。
焉得长缨天畔系，不教秋日落西山。

二零一五年十月二十八日

荧屏观中东难民潮

梦寄方舟却覆艖,重洋殒命各天涯。
中东战乱谁平定,如许难民何处家。

屏幕观候鸟迁徙

雁鹤南迁万里翔,蓼汀湿地觅天堂。
芦蒿摇曳迎群鸟,生命尊崇共一乡。

二零一五年十月二十九日

昙　花

花期虽短意犹长,吐艳闲庭独自香。
但得孤芳倾尽美,惊鸿一现又何妨。

二零一五年十一月一日

鹧鸪天·秋吟

　　离雁纷飞惹别肠，疏林栖鸟唤秋凉。烟霞遮树同花老，野色浮云共叶黄。　　情渺渺，意茫茫，清词拈韵每彷徨。景风依旧凭栏处，几度登楼对夕阳。

二零一五年十一月二日

鹧鸪天·闲吟

　　醒亦吟哦梦亦讴，自珍敝帚做诗囚。悲天渐染头中雪，悯地平添心上秋。　　怜鸟恨，替花忧，生来傲世性偏柔。酣歌尽付闲情绪，如醉如痴在小楼。

二零一五年十一月三日

参赛即兴

　　受命重登竞技场，老来欲发少年狂。
　　奈何伤痛缠绵久，笑我强撑着赛装。

二零一五年十一月六日

游兰州天斧纱宫

八声甘州·游天斧沙宫

对瑶台仙阙且留连,几番叹神工。赞沙宫奇景,金蟾彩凤,卧虎游龙。濡染丹霞地貌,十里落晖红。悬壁幽深处,殿阁重重。　　造就一方乐土,展陇原山水,瑞气融融。看大千盛世,丝路架长虹。此群峦,得天独厚,筑辉煌,构建意何穷。同书写,黄河文化,太古民风。

仙女迎宾

亭亭倩影立山门,天女恭迎一笑温。
引得来宾游兴好,流连仙境忘晨昏。

丝绸古道

沧海桑田迹可寻,犹闻神斧凿山音。
多元文化传丝路,民族图腾蕴古今。

玉屏朝阳

天然屏障映朝阳,无限玄机峡壑藏。
一入沙宫舒望眼,恍如仙域舞鸾凰。

凤鸣紫塞

紫塞雄关守一疆,钟灵毓秀凤呈祥。
客行山路多幽趣,万籁和鸣引兴长。

神龟探海

奇峰祥瑞九光开,迎面神龟送福来。
望海思乡归不去,只缘难舍凤凰台。

金蟾望月

化石金蟾又一峰,景观各异赏心同。
灵蜍也是多情物,夜夜相思望月宫。

沙宫之吻

一吻万年情不禁,相依凝望感人深。
天长地久形随影,碧水青山寸寸心。

丹凤展翅

饮水黄河入醉乡,迎风展翼向东方。
何来幽谷如仙境,引得千年彩凤祥。

琳宫梵刹

四壁琳琅溢墨香,环山宝殿佛经藏。
仙宫梵刹凭极目,丝路奇观忆盛唐。

二零一五年十一月九日

无 题

敝帚千金惜旧章,每因谐韵索枯肠。
此身只合吟坛老,耿耿诗心逐梦长。

二零一五年十一月十三日

浣溪沙·赴舟山参赛途中

洗却行尘意未阑,征程又启向舟山。寄怀江月旅思宽。
不改初衷寻旧梦,竟酬夙愿赋新篇。此心无悔系乒坛。

二零一五年十一月十八日

临屏观赏黄山

一

山畔流云雨瀑飞,险峰怪石耀清晖。
临屏领略天宫景,恍若吟游到翠微。

二

宫阙玉屏云水间,奇松迎客出尘寰。
清泉当墨峰为笔,难绘神州第一山。

二零一五年十二月七日

八声甘州·多地空气污染橙色预警有感

看长空万里暗云烟,雾霾漫都城。观模糊楼影,迷茫街道,隐约车灯。路上行人如粽,严裹一层层。沙尘横飞处,天地瞢瞢。　　焉得瑶瓶仙露,化千寻瀑布,尽洗苍穹。愿齐心治理,浊气变清澄。好家园,何堪污染,美山川,欲向九州行。同期盼,蓝天绿水,生态平衡。

二零一六年一月四日

浣溪沙·失眠闲吟

风静星沉欲晓天,倚床犹自理吟笺。一弯冷月照无眠。默念心经求睏意,孤灯耿耿夜如年,人生有梦几曾圆。

二零一六年一月九日

贺《月光煮酒》付梓

击壤酬歌不计名,苍生甘苦总关情。
月光煮酒圆诗梦,带砺盟鸥大雅倾。

二零一六年一月十八日

浣溪沙·腊梅

腊月梅开雪后天,凌寒独自傲霜妍,暗香传绕曲桥边。　生就孤芳甘寂寞,不争春色耐悲欢,冰肌玉骨动尘寰。

报　春

金城二月景怡人,润物无声雨露臻。
大地飞歌歌不断,黄河吟啸报新春。

二零一六年二月四日

老爸祭日

正月初五是家严忌日,仿佛天亦有知突降大雪。题诗一首以寄哀思:

清醑祭父向松崖,大地同悲覆白纱。
天亦解情飘瑞雪,满城霜木缀银花。

二零一六年二月十二日

无 题

三毛说:"我来不及认真的年轻,待明白过来时,只能选择认真的老去。"许多人何尝不是如此,待明白过来时青春已不再,幸好还来得及选择认真的老去……

几回灯下理云笺,赋得雪泥鸿爪篇。
感悟人生诗遣意,不教往事去如烟。

二零一六年二月二十九日

虞美人·春

清穹如洗晴方好,初绿含烟草。柳枝摇曳醉春风,更见岸花吐蕊鸟声中。　　吟眸凝处闲情绕,只恐春光老。羡他天地不知愁,依旧夕阳西去水东流。

二零一六年三月二十四日

八声甘州·陇原放歌

忆金戈铁马踏苍茫,浩歌啸峰峦。念荒陬野渡,长河落日,大漠孤烟。往昔汉庭骠骑,牧猎驻边关。紫塞连丝路,弱水三千。　　更喜陇原新貌,感风云变幻,沧海桑田。看祁连腹地,神斧凿冰川。访炳灵,遍游石窟,步鸣沙,掬水月牙泉。观不尽,名山胜迹,厚土高天。

二零一六年三月十四日

青玉案·贺甘肃省庆阳市诗词学会成立

陇东春好花千树,庆盛会、盟鸥鹭。飞鸟嘤鸣垂柳舞,锦楼芸榭,青山绿水,韵满清郊路。　　放怀自有凌云赋,不使韶光等闲度。诗梦深深知几许,短章长律,豪情尽在,醉墨留香处。

二零一六年三月十五日

贺中华诗词白银"青春诗会"召开

一

凝香妙句脱陈尘,诗酒遣怀笔有神。
荟萃铜城吟绪放,悠扬清韵致青春。

二

高山流水结鸿俦,锦瑟情怀韵自幽。
莫道痴狂终不悔,青春作伴放诗喉。

三

弘扬国粹锦心同,宋律唐音魏晋风。
欣喜吟坛逢盛会,浩歌大吕奏黄钟。

二零一六年三月二十五日

清明扫墓

肃穆陵园翠柏枝,秋霜春露惹追思。
菊台酹酒焚香祭,老爸在天知不知。

二零一六年四月一日

春 游

初换轻装做短行,桃红柳绿正清明。
阶前偶见花飘絮,又引忧思赋落英。

二零一六年四月五日

春日偶成

正是春酣踏翠时,花间有客寸心驰。
郊园红紫留连处,风送清馨入小诗。

一剪梅·晚春

绿野寻芳意自闲,鸟在林间,人在林间。乱红飞絮满幽栏,蝶也翩翩,花也翩翩。　　曾几何时春已阑,来有悲欢,去有悲欢。怅然又见落英残,吟绪缠绵,离绪缠绵。

二零一六年四月二十五日

丁　香

未因花小逊群芳，淡紫深红簇锦裳。
不羡牡丹称国色，盈枝吐艳送幽香。

二零一六年四月二十八日

养生功

身轻如燕出尘寰，皓月可登星可攀。
漫步烟霄云共舞，任他华发已斑斑。

二零一六年四月二十八日

题　画

一

绿染长郊草木酣，幽幽夜色露华涵。
花魂月魄留人醉，鱼逐涟漪柳拂潭。

二

一湖游梦自逶迤，岸柳婆娑景物奇。
风动碧涟花弄影，伊人对月诉心期。

二零一六年四月二十九日

贺临洮县诗词学会成立20周年

放歌洮水意何穷，无限豪情大雅风。
结社廿年逢庆典，小诗当贺托飞鸿。

二零一六年五月八日

贺白银市平川区诗词楹联家协会成立

铜城结社展吟旌，文化传承众手擎。
陇上行吟歌不断，高情雅韵共嘤鸣。

二零一六年五月十日

无 题

蒿芦深处隐沙鸥,野渡轻舟忆旧游。
一梦红尘空自许,浮生辜负几春秋。

二零一六年五月十三日

赴滨州参加"枣木杠杯"2016年全国老年人乒乓球交流感赋

一

轻车疾驶向滨州,绿水青山一望收。
当谢殷勤东道主,中原胜境又重游。

二

重访滨州聚一堂,乒坛盛会奏华章。
出征未觉桑榆晚,不负金秋正夕阳。

三

精神矍铄各争雄,宾主同欢意趣融。
如沐春风情几许,万千感慨汇诗中。

二零一六年五月十八日

赏雕朽斋篆刻感赋

气象万千方寸间，莽苍灵境玉生缘。
刀锋游刃泥丸地，笔力行云咫尺天。
隽逸盎然留巨作，雍容华贵有奇篇。
玲珑金石凭尊意，雕朽铭新亦浩然。

二零一六年五月三十日

赏听雪山房画

松烟幽壑隐孤村，山有精神水有魂。
恍若梦中曾到此，寻诗问道扣柴门。

二零一六年五月三十一日

题　照

一

亭台掩隐景朦胧，梵净山幽晓雾浓。
雪压青藤垂玉露，仙岑逸境自重重。

二

碧落悠悠日影东，晴曦明媚舞烟鸿。
祥云舒卷双飞处，引得诗情上九重。

三

万顷沧瀛一径开，劈波斩浪气豪哉。
健儿弄海涛飞处，赛艇风驰电掣来。

四

一山梵净净无瑕，万里风霜吐玉葩。
纵是严冬多锦绣，漫天遍野绽冰花

五

神采飞扬百态呈，激情无限裂云横。
犹闻存照传旋律，正是无声胜有声。

二零一六年六月十日

无 题

夕照横斜九曲池，水中鱼梦总难知。
紫云初散诗成后，正是兰山暮雨时。

二零一六年六月十二日

贺《白银日报》创刊30周年

一

心中有念到苍生，更播新篇陇上行。
三十春秋风雨路，政声民瘼总关情。

二

纵横纸上有莘耕，针砭讴歌掷地声。
构建人文三十载，贺词纷致感峥嵘。

二零一六年六月二十日

无 题

几回倦眼怯秋光，情到痴时叹夕阳。
常为草浅添逸兴，每因花落惹愁肠。
夜不思寐依高枕，词费推敲入短章。
犹羡青莲千古醉，貂裘换酒任疏狂。

二零一六年六月二十三日

贺建党 95 周年

南湖烟雨阅沧桑，血铸镰锤日月长。
浪里蓬船开伟业，千秋领渡不迷航。

二零一六年六月二十七日

和李文朝会长《登麦积山》原韵

万绿丛中一颗珠，巍然酣卧枕云孤。
氤氲磅礴霞光灿，烟雨朦胧景物殊。
窟饰描金浮彩画，佛披游凤舞龙图。
后秦神斧明清匠，留得传奇醉玉壶。

二零一六年六月二十九日

郭亮洞

自强不息壮心同,徒手开山一线通。
天堑修成盘洞路,愚公尽在小村中。

注:郭亮村地处高崖,与世隔绝。村民徒手开山,在坚硬的岩石上凿洞修路。历经五年终成通途。壮举感天动地。

闲 吟

倚枕夜怀清,隔窗听鸟鸣。
园中风簌簌,天畔月盈盈。
觅韵无新意,裁诗有故情。
忽惊星散处,不寐到黎明。

二零一六年七月三日

水调歌头·南海风云

南海风雷动,万顷怒涛翻。贼心又犯华夏,岛屿起硝烟。将士同仇敌忾,威阵森严以待,誓不畏强权。狮醒东方立,岂可等闲看。 驱魍魉,守疆土,固如磐,且听战鼓擂响,惩恶剑高悬。牢记当年国耻,捍卫祖先基业,除魅舞长鞭。共筑中华梦,铁壁铜墙坚。

二零一六年七月十日

南海风云

拨乱南疆举世惊，不教魑魅任横行。
黑裁激起滔天浪，正义高呼掷地声。
将士枕戈听号令，战争警报待轰鸣。
中华儿女同心力，强国强军四海平。

二零一六年七月十一日

庆祝"八一"建军节

筑梦中华守土疆，雄师百万立东方。
戍边卫国平天下，一骑绝尘旌旆扬。

二零一六年七月三十日

忆唐山地震

当年旧迹总留痕，曾记长宵月色昏。
刹那天摇雷挟电，瞬间地动夜惊魂。
救灾抗震真情寄，共济和衷故事存。
浴火重生同见证，人民意志撼乾坤。

二零一六年七月二十九日

贺 2016 里约奥运会开幕

体坛圣火又熊熊，五色徽环架彩虹。
奥运精神同进取，公平竞赛向高峰。

二零一六年八月三日

奥运会中国乒乓球队囊括金牌有感

乒坛问鼎各争雄，场上风云叱咤中。
精彩纷呈鏖战处，奖台又见国旗红。

二零一六年八月十八日

致奥运会夺冠的中国女排主教练郎平

不畏征途路八千，卧薪尝胆十余年。
将身许国丹心报，又夺金牌旧梦圆。

二零一六年八月二十一日

缅怀伟大领袖毛泽东

白虹贯日恸神州,星陨尧天四十秋。
旷古殊勋开盛世,甘棠基业固金瓯。
丰功伟绩留青史,满腹经纶作远猷。
指点江山强国策,苍茫大地主沉浮。

二零一六年九月九日

题　　画

万壑栖云景色幽,古松遒劲野山稠。
朝阳冉冉红如火,辉映故园天地秋。

二零一六年九月十日

秋

秋 声

秋风秋雨送秋蝉,菡萏香消九月天。
何处鸟鸣声婉转,恍如伯牙弄清弦。

秋 韵

夕阳斜映水之涯,野菊披香草色嘉。
游目如痴诗兴起,放怀一阕浪淘沙。

秋 吟

黄河流韵卷红波,澎湃心潮入醉哦。
正是秋高诗意爽,陇原无处不飞歌。

秋 夜

秋山秋水紫云天,如梦星空夜不眠。
白菊当茶香欲沁,窗前明月向人圆。

二零一六年九月十二日

中秋待月

吟眸又醉菊花前,知是云中月正圆。
耿耿秋灯融夜色,赏心依旧待婵娟。

二零一六年九月十五日

八声甘州·赴庆阳合水采风有作

　　正秋高气爽物华浓,应邀陇东行。望丘塬沟壑,巍峨殿宇,锦绣山城。初访岐黄故里,心逐碧云腾。天地钟灵处,紫气相迎。　　感念老区新貌,展人文历史,畜牧农耕。更乐蟠雅聚,十里诵吟声。景千重,斜阳古道,放歌喉,万籁共嘤鸣。膏腴地、游怀难赋,无限风情。

二零一六年九月二十六日

赴庆阳采风

初访合水

秋色清酣美酒醇,主人荐盏洗行尘。
高朋满座欢聊处,笑语温如二月春。

游子午岭

壑底青松塬上槐,黄河古象立高台。
秦时故道留诗话,引得天涯访客来。

参观包家寨革命纪念馆

曾经决策挽狂澜,转战南梁岁月艰。
红色政权终奏凯,迎来赤帜遍人寰。

过曹家寺

又向岭南西麓游,绵延不断野山稠。
蓬塬兀立唐王墓,别样景观天地悠。

俯瞰太白小镇

雕廊画栋景风迎,陇上江南享盛名。
太白有知临小镇,也当把酒放诗情。

登连家砭瞭望台

欲穷望眼上高台,苍莽林峦访客来。
碧落霞天留醉处,悠悠神韵入诗怀。

观太白稻田风光

惊羡丘陵锦上田,江南美誉不虚传。
耕耘水稻三千亩,飘翠流金烟景川。

游览黄河古象

横空出世九州惊,剑齿雄风有圣名。
料想当年长啸处,千山万壑起回声。

游览陇东古石刻艺术博物馆

华宫雄殿驻山神,国宝馆藏稀世珍。
北魏石雕唐宋器,叹为观止忘归人。

子午岭秋光

漫山硕果压枝梢,草色无涯野菊娇。
更见稻田金浪涌,果然秋日胜春朝。

子午岭漫兴

曲径蜿蜒林海中,游蜂引客入花丛。
若非秋岭风光好,哪得吟怀吐霓虹。

过秦直道

雄奇险峻要冲长,岭路如梯入莽苍。
风雨千年侵古道,尚留遗迹述沧桑。

烟景川秋色

千顷良田万顷秋,晴川碧草晚花稠。
登高望远山无尽,莽莽林岚隐画楼。

浣溪沙·游大山门景区

拈韵花间踏紫泥,轻舟游弋起涟漪,一塘碧水鸭双栖。　　如画如诗秋烂漫,美轮美奂岭逶迤,林峦深处隐莎鸡。

蝶恋花·子午岭风光

碧落霞天秋色好,岭路蜿蜒,玉带盘山峁。涧底清流烟雾绕,良田铺满黄金稻。

坡上格桑塬上草,古庙林荫,扑面花含笑。尽览悠悠秦直道,归来好赋清平调。

鹧鸪天·观赏合水民间刺绣

巧夺天工百态娇,珠光宝气自妖娆。古香古色多涵意,民俗民风寓情操。　　编挂件,裹香包,盘金套扣绣仙桃。更将锦缎裁龙凤,遍向人间搭鹊桥。

如梦令·游青龙山

数遍奇峰云仞,仰望高天秋信。频摄伫花前,只恐游怀难尽。 雄峻!雄峻!重岭飞虹流韵。

踏莎行·合水风光

芳草千丛,秀林万顷,纵横沟壑重重岭。鱼塘水稻似江南,晴湖潋滟浮归艇。

鸟语花香,山高路迥,天然负氧清凉境。一方沃土有传奇,古槐灵脉添游兴。

二零一六年九月二十八日

获得女团银牌有感

虽非雄杰也争雄,手上雷霆拍上风。
且看黄昏无限好,夕阳堪比晓阳红。

注:《甘肃森林俱乐部》参加"中国乒乓球协会会员联赛"(总决赛)

二零一六年十一月十八日

江南行

鹧鸪天·江南行吟之一

又理征衫作远行，西湖小憩客舟轻。柳边坐对堤风爽，荷畔遥知藕魄馨。　　迷幽径，步闲庭，初冬时节旅怀清。心随落叶飘摇去，一片残红一片情。

鹧鸪天·江南行吟之二

洗尽征尘且逗留，苏杭山水任优游。管他柴米和盐醋，不问冬春与夏秋。　　登秀岭，访灵湫，江河古渡荡莲舟。陶然已忘红尘事，耳畔唯闻渔唱幽。

鹧鸪天·江南行吟之三

自是江南景不同，寻诗人在画桥东。撷来霜叶拈秋韵，望断流云听雁鸿。　　行石径，踏梧桐，倦游归去月朦胧。晚风十里如清酿，舞得林峦发醉红。

游西湖人文景观

遥闻飞棹扣舷歌，鱼跃平湖漾碧波。
老屋古桥通曲院，前朝韵事轶闻多。

二零一六年十一月二十日

沁园春·三沙

天堑无垠，千里长沙，万里石塘。望黄岩海域，波澜壮阔；琼洲崖岛，云水沧茫。玳瑁螺礁，珊瑚环岛，蓝洞深幽碧浪狂。雨林带、看资源广袤，华夏渔仓。　　古来大美边疆，赞海上丝绸之路长。忆伏波讨伐，几征南越；郑和出使，七下西洋。更喜今朝，和谐社会。国富民强立一方。歌时代，颂明珠风韵，锦绣篇章。

二零一六年十一月二十六日

鹧鸪天·闲赋

看淡人生更有谁，闲来开卷觅琼瑰。每因佳句情千转，总为新词肠九回。　　江上月，陇头梅，东篱邀饮菊花杯，神游世外尘嚣远。行止休干是与非。

二零一六年十一月二十九日

无　题

自斟自饮品新茶，索性冬眠隐在家。
静好如初谐素韵，鹧鸪一曲寄天涯。

二零一六年十二月十二日

无　题

谁无懵懂谓黄童，曾几何时绮梦中。
渐老情怀终不惑，信由造化付穷通。

二零一六年十二月十四日

无　题

痴醉岂非缘，行歌向大千。
诗怀冰雪韵，神往伯牙弦。
尘世风云绕，文章日月悬。
焉能求梦笔，赋得锦华篇。

二零一六年十二月二十二日

家父诞辰100周年缅怀

沥胆披肝许国身，峥嵘岁月自留痕。
长征路上经风雨，革命途中砺剑魂。
两袖清风名利淡，一身正气赤心存。
百年冥诞同追忆，遥向天堂祭父尊。

二零一六年十二月二十四日

纪念毛泽东诞辰122周年

一曲浏阳日月长,中华圣诞耀东方。
推翻旧制民参政,建立新权党引航。
神断睿谋功盖世,殊勋伟业世流芳。
光辉思想昭千古,庇佑中华更富强。

二零一六年十二月二十六日

快乐乒乓

银球追梦向高峰,老少皆宜志趣浓。
邀友切磋挥汗处,烦襟涤尽豁心胸。

二零一六年十二月二十七日

丁酉年步韵

莫道早春花信迟,寒梅已绽雪中枝。
东风化雨雷霆动,墨笔随心云雾驰。
大吕黄钟传正气,红笺紫韵写雄辞。
放歌强国长征路,正是神州逐梦时。

二零一七年一月二十日

鹧鸪天·赞"两相和·汤沟酒"

酿得琼浆美誉多，传觞劝客共吟哦。品牌开拓跻金奖，文化追求振玉珂。　　扬国粹，敬山河，交融天下万民和。开怀畅饮汤沟酒，十里闻香醉复歌。

二零一七年一月二十六日

参加《艺乡》"诗星"评选得323张投票获第一名有感

愧领佳评字字金，此生竟得众知音。
嘤其鸣矣求其友，更遣诗情惬素心。

二零一七年一月二十九日

梅兰芳

一代宗师吐凤才，梨花带雨抱琴来。
只缘尘世多烦扰，觅向蟾宫做舞台。

二零一七年二月一日

鹊踏枝·雨雪夜无眠

帘外雪声寒意透，白絮纷飞，尽染春城柳。怜顾枝头花蕾瘦，长宵无寐新词就。

一任镜台尘渐厚，懒对沧桑，每叹秋风后。往事如烟还记否，诗心不老情依旧。

二零一七年二月八日

金缕曲·心有灵犀否

心有灵犀否？到而今、唐音宋律，几曾消受！独有文章千古事。尽得先贤启后。每开卷、书香满袖。莫使蹉跎空悔恨，况吟怀、追梦情依旧。心一片，为诗剖。　　汉关秦月休回首。看人寰、白云无意，也成苍狗。幸是中华逢盛世，昌运天长地久。看不尽、山河锦绣。词赋新篇酬金缕，对晴晖、万里春光透。颂神州、放歌又。

二零一七年二月九日

贺《甘肃省诗词学会》在全省社会组织评估中获3A（AAA）等级证书

曾经岁月总留痕，喜讯又添春意温。
陇上放歌歌不断，雄词万阕撼乾坤。

二零一七年二月二十日

金城初雪

东风如意舞轻纱，傲雪寒枝吐玉葩。
别有一番春旖旎，银装素裹到天涯。

二零一七年二月二十一日

某著名文化学者专题讲座印记

（步"听风"韵）

拈来感悟奉鸡汤，口若悬河论证长。
布道八方堪取宠，奢华辞藻砌文章。

二零一七年二月二十四日

春　晓

燕莺消息杳冥中，更待故园桃李红。
乍暖还寒飞雪后，一盆云竹种春风。

二零一七年三月二日

鹧鸪天·观省诗词学会会员著作一览感赋

三十余年陇上吟，传承数典畅心旌。词锋豪放无穷韵，诗律缠绵千古情。　酬唱雅，遣怀清，文坛驰骋各争鸣。弘扬国粹歌时代，任笔纵横日月行。

二零一七年三月三日

纪念毛主席题词"向雷锋同志学习"54周年

崭新时代出英雄，青史铭留报国忠。
纵是平凡成大业，无须显赫建奇功。
青春碧血纵横志，革命红心锦绣胸。
重铸国魂扬正气，甘于奉献学雷锋。

二零一七年三月四日

荧屏播"诗词大会"有感

溯源传统共寻根,更见诗词入校门。
桃李芬芳栽沃土,中华文化筑心魂。

二零一七年三月五日

贺家慈88岁生日

一

又见欢筵聚一堂,但求家母寿而康。
倾觞畅饮同祈愿,福海无边日月长。

二

少小从军战火纷,荣归故里赤心存。
人生淡泊终无悔,母爱如天福满门。

三

宅心仁厚待人和,四世同堂福气多。
与世无争名利淡,天伦乐享也当歌。

二零一七年三月十二日

缅怀张良、金安秀伉俪

撑起寒门一片天

以沫相濡结善缘,安身立命孝当先。
艰难岁月同甘苦,撑起寒门一片天。

纪念张良诞辰一百周年

克勤克俭善经营,销售农耕寄一生。
茹苦含辛怀厚道,德商美誉不虚名。

纪念金安秀诞辰九十五周年

勤于劳作俭持家,乐善行仁岁月遐。
教子相夫明大义,尽将贤德写生涯。

二零一七年三月十六日

致著名中医师薛理萍女士

一

祛除顽疾解人颐，妙手仁心岁月弥。
济世情怀修善道，德才兼备折肱医。

二

程门立雪寸心忠，尽得真传硕学通。
医道行仁除病患，杏林求索缚苍龙。
精诚研制灵丹药，致力弘扬养气功。
一脉相承桃李艳，悬壶济世乐无穷。

二零一七年三月二十三日

春　游

碧水浮空语燕过，诗怀留醉踏青莎。
景风暗度花香暖，草木初萌瑞气多。
才见岭南杨旖旎，又逢塞北柳婆娑。
山河望处情无限，紫岫栖云天地和。

二零一七年三月二十四日

浣溪沙·应天香儿邀宴有作

闻道香儿又有邀,欣然赴约品芳醪,愁肠千结酒中消。　劝客倾觞情切切,以诗会友乐陶陶,休将厚意等闲抛。

二零一七年三月二十五日

清明祭父

春分雨霁翠烟微,山外遥闻泣子规。
寒食清明家祭处,天风又送纸钱飞。

二零一七年三月二十六日

桃园忆故人·滨河初春

如饴红蕊争开处,引得醉蜂无数。昨夜缠绵细雨,化作凝香露。　丹墀紫陌留连步,十里返魂佳树。漫向春堤索句,韵满寻诗路。

二零一七年三月二十八日

赴赛途中致吉林球友郭晓华女士

翠岭逶迤万壑连,不辞赴赛路三千。
此行有幸重携手,只为乒坛再续缘。

二零一七年四月三日

赞国人乒乓情结

乒乓情结付春秋,万顷风云拍下收。
大地为台山是网,揽将日月作银球。

二零一七年四月十三日

春　寒

柳莺啼晚意阑珊,四月春城尚觉寒。
底事东君来又去,妒花风里落红残。

二零一七年四月十七日

无　题

意到穷时只等闲，拈来妙句自开颜。
纵然窝在群楼里，心在五湖云水间。

二零一七年四月十九日

贺白银市诗词楹联家协会成立 8 周年

壁合珠联陇上吟，镂金锲玉放清音。
八年结社同欢庆，不负诗怀寸寸心。

二零一七年四月二十日

缅　怀

难忘少小共悲欢，挥洒青春在体坛。
思到深时天又雨，别怀更觉夜声寒。

二零一七年四月二十二日

滨河路春游

闲步长堤忆旧游,无痕岁月自奔流。
心潮涌似黄河水,随浪翻飞天尽头。

二零一七年四月二十五日

甘肃省诗词学会成立 35 周年感赋

一

酬唱吟坛卅五年,守望净土慰先贤。
播扬正气匡时弊,情共笔耕圆梦篇。

二

曾误孤芳白雪吟,而今雅韵有知音。
词锋磨砺歌时代,千古文章千古心。

三

诗盟陇上韵同酬,斗转星移乐未休。
薪火相传歌不断,唐音宋律赋千秋。

二零一七年四月二十八日

浣溪沙·观越剧《藏书之家》有感

乱世焚书遍地愁,尚存志士自藏收,穷经寂寞护柴楼。　岂可千年文脉断,不堪万古罪名留,永传珍卷诉春秋。

二零一七年五月六日

无　题

荏苒时光处处同,流云逐月杳冥中。
赏花深院春成夏,听雨小楼秋复冬。
渴饮千年双井绿,闲填一阕满江红。
超然与世心如水,淡荡诗怀淡荡风。

二零一七年五月七日

孟紫玥剪影

紫气东来灿九霄，孟家有女正垂髫。
蕙心兰质天生就，乖巧聪明憨态娇。
声似百灵音色亮，身如彩蝶舞裙飘。
清香袅袅春风里，尽享阳光育小苗。

注：垂髫，五岁。

二零一七年五月十三日

如梦令·堵车

家舍难寻归路，人在泊车深处。蛇阵望无头，缓缓轻移莲步。　休怒！休怒！正好推敲词赋。

二零一七年五月十五日

蒲公英

尽撒柔情野甸中，晶莹剔透巧玲珑。
却怜漂泊行无定，播种全凭落絮风。

二零一七年五月十八日

罂粟花

华丽妖娆香满丛,亭亭玉立舞春风。
芙蓉竟是断肠草,陷阱迷魂深九重。

二零一七年五月二十一日

住院闲吟

一

无端心悸眼蒙眬,原是缠身老病中。
莫若从今诗就梦,栖心静养自雕虫。

二

所好尽抛休挂牵,何堪病痛久缠绵。
唯留雅兴吟花月,好自余生感大千。

二零一七年五月二十九日

采桑子·牡丹园念语

徘徊难舍倾城色，纵是销魂，几许芳春，只恐天香落九尘。　　庭前摘句心如笔，蝶魄花魂，情寄吟身，留醉园中觅韵人。

二零一七年六月五日

太常引·寄远

当年闲绪说愁多，棱角未曾磨。把盏且吟哦，屠牛气、吞云饮河。　　几番风雨，几回跋涉，无意叹磋跎。岁月漾秋波，今又道、人生似歌。

二零一七年六月八日

如梦令·归晚

安享几周"岁月静好"，尝试出门适当参加活动。回家又遇堵车，再题：

每为出行烦恼，又堵北街南道。无奈倚车窗，徒羡空中飞鸟。　　还好！还好！月上柳梢方早。

二零一七年六月十二日

和宋会长"鸟儿笑语"原韵

千家万户锁当空,固若金汤处处同。
燕雀隔窗皆纳闷,缘何人在槛笼中。

二零一七年六月十五日

问医有感

曾为误诊误前程,今又危言患疾名。
小恙耸听疑大病,只缘效益事非轻。

二零一七年六月十八日

采桑子·隔窗听雨

忽惊云暗雷声远,乍雨黄昏,楼月无痕,只恐催花正断魂。　　闲情闲绪知多少,寄傲红尘,自在吟身,偏是多愁善感人。

二零一七年六月二十九日

贺建党96周年

强军强国业恢宏,新策每闻贤政声。
反腐倡廉除朽蠹,共倾热血筑长城。

二零一七年七月一日

颂屈吴禅酒

屈吴佳酿沁诗香,白玉杯盛日月光。
醇厚如禅人欲醉,平川山水是家乡。

二零一七年七月八日

迁 居

生就恐高人自愁,此番抖胆上层楼。
方惊墙外车如蚁,又见窗前月似舟。
静夜残星空晚籁,遐思迩想满银钩。
帘风动处晨光淡,卧看晓云天际流。

二零一七年七月十一日

无 题

何劳寻觅误红尘，应识人生俗事纷。
宠辱不惊犹草芥，穷通随遇作浮云。
泰然名利枯荣境，无意逢迎溢美文。
一抱情怀心静处，书窗吟榻看清氛。

二零一七年七月十二日

小 聚

不善饮酒，却总为写诗每说饮。

满座嘉朋笑语融，芳醪香溢碧玲珑。
浅尝把盏心神爽，畅饮传觞意绪浓。
茶话欢谐吟兴好，觥筹交错醉颜红。
高情寄韵微醺后，诗酒壮怀今古同。

二零一七年七月十六日

贺甘肃省诗词学会成立 36 周年

吟盟紫塞共歌讴,三十六年春复秋。
承继先贤传大业,鹏程更上一层楼。

二零一七年七月十七日

避　暑

问道兴隆作短游,阖家欢聚瓦窑沟。
此行尽享田园乐,多少喧哗在小楼。

二零一七年七月二十二日

无　题

脱俗超尘一世修,人生无悔最难求。
平心焉得真如水,鸥鹭忘机任去留。

二零一七年七月二十三日

赏 花

又是花期正好时，紫藤架下数新枝。
赏心偶得凝香句，一半诗情一半痴。

二零一七年七月二十五日

无 题

云雨春秋路八千，浮生一梦咄嗟间。
世华得失皆尘土，不忘初心静若莲。

二零一七年七月二十八日

立 秋

不觉秋窗秋叶黄，一帘秋雨送秋凉。
秋风起处秋云卷，又惹秋思秋兴长。

二零一七年八月七日

秋 雨

盛夏方欣草木稠,伏天倏忽又成秋。
凭河望断催诗雨,人自沉吟水自流。

二零一七年八月九日

九寨沟地震

强震袭来毁北川,哪堪刹那隔人天。
消灾安好同祈愿,息息相关共并肩。

二零一七年八月九日

鹧鸪天·秋吟

  已悟生涯一掷梭,朝花夕拾慰蹉跎。饱谙世味交游少,遍阅人寰风雨多。 闲处诵,感时歌,心潮犹似去来波。每逢红瘦知秋意,自向溪山入醉哦。

二零一七年八月十日

读诗有感

采风因故未偕行,诗赞砖雕有共鸣。
镂栋彩陶惊远客,篇篇佳作寄游情。

二零一七年八月十三日

狗尾巴草

草名狗尾影离离,柔顺纤茸亦自奇。
不列百花登大雅,惟将坚韧鉴心期。

二零一七年八月十九日

凤凰台上忆吹箫·秋怀

香冷枯藤,游丝落絮,长郊十里残红。漫步处、斜阳曲径,满目飞蓬。黄叶飘零如许,怜百卉,魂断秋风。雕墙外、蝉鸣晚树,鸟唳遥空。　　年年花开花谢,徒自怨,韶光只觉匆匆。知来日,痴蜂醉蝶,又舞芳丛。偏是吟怀缱绻,思不尽,心远情浓。清词就、难诉意绪千重。

二零一七年八月二十一日

新居听雨

听雨秋窗共草虫,乔迁几度复西东。
果然室雅无须大,高阁吹来紫陌风。

吟 秋

沧茫暮色隐群楼,落絮风摇万顷秋。
细雨缠绵情几许,诗心更比白云悠。

二零一七年八月二十二日

蛰居闲吟

一

明月清风枕簟幽,只求静好不寻游。
点开微信行天下,无限风光眼底收。

二

宅家不羡五湖游,客路何如小屋幽。
雁信乡情传指上,神驰环宇话春秋。

三

辜负河山不事游,每从微信访神州。
天涯海角皆行遍,心在远方身在楼。

二零一七年八月二十三日

悼念毛泽东逝世 41 周年

缔造中华雨露臻,东方巨擘展经纶。
激扬文字恢宏气,指点江山报国身。
辟地开天成大业,殚精竭虑为黎民。
又逢遥祭仙归日,青史重温忆伟人。

二零一七年八月二十九日

秋　韵

紫烟涵露菊英黄,轻步蒿边展齿香。
望断霞晖留醉处,骋怀游目纳秋光。

二零一七年八月三十日

浣溪沙·观剧《藏书之家》有作

乱世梦书遍地愁,尚存志士自藏收,穷经寂寞护紫楼。　岂可千年文脉断,不堪万古罪名留,永传珍卷诉春秋。

二零一七年八月三十日

教师节有赠

诲人不倦豁胸襟,润物无声雨作霖。
授业传薪勤哺育,黌门桃李感师心。

二零一七年九月九日

生查子·感秋

方见物华新,赏咏春无数。倏忽岁时移,花落愁深处。　难觅众芳菲,寂寞鸦翻树。赋得感秋词,笑我痴如故。

二零一七年九月十日

贺森林二队获全国乒协会员联赛甘南赛区女团冠军

健体志相同，身强气更雄。
几经风雨后，又见夕阳红。

二零一七年九月十一日

秋夕感怀

金秋九月喜临门，露浥芽苞得贵根。
且锁诗囊辞旧雨，心无旁骛弄孙孙。

二零一七年九月二十二日

鹧鸪天·诗意人生

穷韵唯求瘦句工，自忱诗鸩自雕虫。裁觚于世心无悔，磨剑经年刃未锋。　　行大地，任西东，且将得失付穷通。寄怀多少悲欢事，冷暖人生感悟中。

二零一七年九月二十九日

龙脉度假游

岭上芳林十里幽，行来已觉果香稠。
满园采摘尝鲜处，尽享京郊一段秋。

二零一七年十月九日

寄　语

有儿未必望成龙，快乐髫年作顽童。
只待育成千里马，山高水阔任西东。

二零一七年十月十三日

无　题

平生不善料油盐，幸有神厨信手拈。
特色家常皆美味，甘甜何止在舌尖。

二零一七年十月十四日

寄情山水

探幽寻古访名园,诗话渔樵入短篇。
小镇老城游胜境,寄情山水养天年。

二零一七年十月二十二日

写诗宜少而精

宋律唐音曲自高,古今难得几才豪。
浪吟焉有清圆句,骨里无诗不入骚。

二零一七年十一月二日

临江仙·长城

跨岭穿原经绝壁,巨龙回舞盘旋。纵横大漠驻雄关。斑斓秦汉史,上下两千年。　　楼堞烽台黎庶筑,城如玉带蜿蜒。当惊世界列奇观。中华铺锦绣,装点好江山。

二零一七年十一月五日

无 题

休叹枝残落叶纷,笔端流韵遣春温。
秋心方恨花飞尽,又见冬梅返玉魂。

二零一七年十一月七日

临江仙·读诗词创作怪现状有感

纵览吟坛人济济,堪称百万雄师。笔耕不辍自迷痴。俨然居墨客,慷慨写庾词。　诗律精华当敬畏,传承不越雷池。繁荣创作正逢时。文章千古事,国粹共扶持。

二零一七年十一月十二日

秋 祭

料是兰山草木稀,又逢祭祖送寒衣。
情当寄托诗当祝,枕稳衾温向远祈。

二零一七年十一月十八日

水调歌头·游香山

俯瞰碧云寺,金塔隐香山。峦峰高处,烟云缭绕石亭间。翠柏葱葱郁郁,红叶层层叠叠,喷薄吐斑斓。幽景引诗兴,清韵满林园。 听秋籁,赏秋色,步秋寒,瑰奇绚丽,犹若神旅出尘缘。感念皇家遗迹,留作观光名胜,古刹阅千年。得此钟灵境,何必羡仙寰。

二零一七年十一月二十一日

读诗有感

字字珠玑掷地篇,化为清澈洗心泉。
正如笔落惊风雨,绝唱千秋众口传。

二零一七年十一月二十六日

同是读诗不同读感

似是而非纵笔酬,诗成阅者几曾谙。
牵强生造多岐意,惹得时人作笑谈。

二零一七年十一月二十七日

赠老妈

温文宽厚性情真，耄耋之年倍有神。
处世齐家无杂念，只缘生就素心人。

二零一七年十一月二十七日

无　题

万千红紫竞芳芬，曾几何时碾作尘。
休恨残花辞晚树，来年又是满园春。

二零一七年十一月二十九日

虞美人·时逢大雪

　　花魂草魄归何处，唯见秃桠树。寒鸦难舍老残枝，败叶飘如倦蝶落参差。　　春光不复秋光变，思绪风中乱。时逢大雪雁衔霜，又引诗情一片动枯肠。

二零一七年十二月十日

赠"森林俱乐部"总教练王森林

叱咤乒坛数十年,辉煌业绩有书传。
夫妻恩爱留佳话,德艺双馨冠世贤。

二零一七年十二月十二日

鹧鸪天·代表森林俱乐部参加中乒协会员联赛有感

名冠森林载体坛,乒协联赛几经年。每逢盛会乘兴去,屡树新功抱奖还。　　寻快乐,享悠闲,尽蠲俗虑共陶然。以球会友行南北,友谊常存天地间。

二零一七年十二月十三日

无　题

锦绣诗篇五色章,春光赞尽赞秋光。
焉知萧瑟寒冬意,万木滋萌雪里藏。

二零一七年十二月十三日

先严冥诞 101 年祭

在天十载列仙群,诗祭年年别恨新。
远酹滔滔冥诞酒,阖家安好告严亲。

二零一七年十二月二十六日

无　题

身心渐觉力难支,夜半独吟惊梦时。
往事纷纭如逝水,撷来点滴付诗词。

二零一八年一月三日

有感周力军京剧系列图片展

一

源自徽班岁月遐,京腔京味盛京华。
聚焦国剧摅光处,诠释梨园第一花。

二

一寸光焦一寸心,弘扬国粹坦胸襟。
美图胶片凝眸处,纸上如闻天籁音。

三

飘香水袖舞衣风，情愫万千方寸中。
幸得知音圆旧梦，高山流水入丝桐。

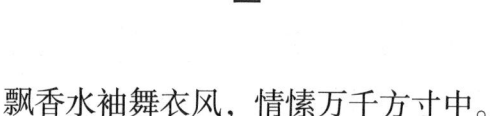

二零一八年一月四日

水调歌头·闲吟

一路动车远，西望万重山。匆匆岁月流逝，倏忽又新年。忆昔鸥盟何在，今日各飞南北，微信报平安。身在楼中隐，神往五湖间。　看沧桑，多少事，信由天。古来有恨，明月偏向别时圆。领略人生百味，不忘初心依旧，尘梦有悲欢。晓镜嗟惊处，风雪染华颠。

二零一八年一月九日

无　题

又梦春堤十里香，母亲河畔醉歌长。
京华锦地虽云乐，只道兰州是故乡。

二零一八年一月十二日

无 题

闲步青莎踏夕阳，痴情总恨送残芳。
秋时红叶春时柳，采撷风花入韵章。

二零一八年一月十四日

无 题

廖廖几笔意疏慵，梦里求诗梦亦空。
闲趣且休心有顾，留存一念问西东。

注：西东，指外孙大名——任西东。

二零一八年一月十五日

冰花男孩

身上单衣发上霜，同惊小照枉牵肠。
求知路上披风雪，应是心中有太阳。

二零一八年一月十七日

题　照

喜得鸡年金宝宝，无忧衣食也牵肠。
怜他哭闹疼他笑，宛若家中小太阳。

二零一八年一月十七日

高枕无眠

料是霜天月色阑，隔帘尚觉北风寒。
朦胧睡意朦胧夜，焉得无忧一枕安。

二零一八年一月二十六日

京城无雪

万里河山裹素装，今冬独此不飞霜。
有梅无雪魂何倚，枝上空留一段香。

二零一八年一月二十九日

蓝血月奇景

灿如琼玉碧如莲,高挂苍穹缺又圆。
料是嫦娥舒广袖,霓裳鸿影弄婵娟。

二零一八年二月一日

天一阁

传承文脉护书楼,宝籍珍藏乱世留。
黄卷青灯甘寂寞,孤标傲世笑王侯。

二零一八年二月八日

春节即兴

结彩张灯备酒茶,东风悄悄换年华。
百花未放心花放,春意盎然千万家。

二零一八年二月十六日

归途偶题（嵌名诗）

又辞京畿朔风中，人自西行水自东。
一路驱车归故里，浮生来去总匆匆。

二零一八年二月十七日

月夜即兴

诗心如月有盈亏，往事悠悠不可追。
红尘聚散遗旧梦，高山流水载欢悲。

二零一八年二月二十六日

浣溪沙·元宵节

景铄良宵庆上元，阖家团聚乐陶然，华灯初放笑声喧。　簇锦银花城不夜，一河春水映婵娟，人间天上月儿圆。

二零一八年三月一日

大美中华

塞北江南形胜多，人文荟萃壮山河。
锦天绣地风光好，绿水青山景物和。
大吕黄钟吟复舞，汉唐辞赋缶而歌。
他年若得神州旅，一任西东唱踏莎。

二零一八年三月二十日

春

梅吐新苞柳吐丝，故园春暖鸟先知。
浮烟芳陌青莎浅，正是桃花欲放时。

二零一八年三月二十三日

蝶恋花·吟春

一抹云霞天外绕，袅袅清烟，春意知多少。如梦晨曦红日早，寻诗又踏闲庭草。　　香暖枝头珠蕾小，轻步敛声，只恐惊啼鸟。正是良辰芳景好，梨花未败桃花俏。

二零一八年三月二十四日

清明扫墓

魂在梓桑人在天,清明寒食祭年年。
兰山有恨垂哀柳,如咽松声绝壑传。

二零一八年三月二十五日

读诗即兴

感时遣兴乐时讴,咳唾成珠韵味悠。
休道诗词难裹腹,佳篇漫品胜珍馐。

二零一八年三月二十七日

吟 玩

白塔山中依白塔,黄河岸畔咏黄河。
春风过处听花落,情共芳菲逐逝波。

二零一八年三月三十一日

寒食节

杏花春雨正催诗，祈福故亲凭吊时。
最是回肠寒食夜，心香燃烬寄哀思。

二零一八年四月四日

八声甘州·踏青

　　看晴滩草色绿无涯，轻履步轻寒。见黄河湿地，芦蒿郁郁，杨柳阡阡。如洩春光摇曳，有客自凭栏。远树飘红雨，飞絮缠绵。　　正是踏青时节，且寻芳田陌，拾翠郊园。怕春将归去，但惜杏花天。放吟眸，小桥流水，畅诗怀，心绪逐风旋。销凝处，幽庭曲径，花畔篱边。

二零一八年四月七日

听雨偶成

天垂薄雾柳垂丝，啼鸟惊魂细雨时。
春咏偏多春恨意，今人倒比古人痴。

二零一八年四月十五日

观《中国诗词大会》感赋

高山流水涤心尘,唐宋琼章妙入神。
重溯古音温绝唱,中华文化美无伦。

二零一八年四月十七日

雨袭兰州

大雨倾盆水漫沟,漂车轻似放飞舟。
雷鸣电闪惊魂处,唯见黄河街上流。

二零一八年四月二十一日

寄 远

人生聚散只随缘,莫叹流光徒自怜。
过眼浮云休念旧,尽将往事锁尘烟。

二零一八年四月二十一日

通备隐士收徒仪式题记

情满兰堂礼满樽,师生同聚喜盈门。
相传薪火留佳业,通备精神铸武魂。

二零一八年四月二十三日

无　题

春来春去送流年,总是无由夜不眠。
今夕雨催诗遣意,又诌一阕鹧鸪天。

二零一八年四月三十日

瑰丽中文

中文字美意精深,浩瀚无穷翰墨林。
博大渊弘流韵远,千年璀灿到于今。

二零一八年五月二日

夏至有怀

暑往寒来感大千,飞鸿印雪杳如烟。
春花秋月终无尽,一段时光一段缘。

二零一八年五月六日

贺中国乒乓球队获世乒赛男女团体冠军

昂扬斗志战群雄,为国争光又建功。
大赛鸣金连夺冠,共登世界最高峰。

二零一八年五月七日

静夜戏作

醒时总比寐时多,夜不能眠且赋歌。
只望苦思催倦意,槐安一枕梦南柯。

二零一八年五月九日

题　照

乖巧孩儿小胖身，憨萌可掬自天真。
但期茁壮长成后，做个知书达理人。

二零一八年五月十一日

诗词的女儿叶嘉莹

吟怀风骨付流觞，一代宗师姓字扬。
时运飘摇经坎坷，生涯跌宕历沧桑。
身居海外研诗史，心系神州讲学堂。
古韵情思传火种，育人报国写辉煌。

二零一八年五月十二日

纪念周恩来总理诞辰120周年

人民公仆礼贤谦，革命生涯自奉廉。
正气浩然多睿智，名垂青史普天瞻。

二零一八年五月十四日

观剑即兴

漫舞青龙雪刃萦,裼袍剑系裼袍情。
吞云吐气风生处,耳畔如闻万籁鸣。

二零一八年五月十五日

龙脉温泉

楼外林山积翠重,神泉一脉锁蟠龙。
蜂痴蝶梦花深处,芊蕙葳蕤目已穷。

二零一八年五月二十二日

诗心可慰

问心谁可脱嚣尘,焉得诗成泣鬼神。
离合悲欢皆入韵,随他语出不惊人。

二零一八年五月二十七日

鹧鸪天·改革开放40周年感怀（中华通韵）

化雨春风岁月更，坚持国策重民生。可歌可泣振兴路，如火如荼铸梦程。　求发展，正飞腾，辉煌成就震寰瀛。更期经济全球化，稳定和平共远征。

二零一八年五月三十一日

韵满南湖

时有朋友给我发过来雁滩南湖公园楹联照片，昔日情景又萦心间。因复友人：

水载清音云锁梦，石涵瑞气草生香。
小联难尽小园美，韵满南湖引兴长。

二零一八年六月一日

沁园春·端午节

又到端阳，门系艾草，粽满灶台。正时当仲夏，风和日丽，宜人清景，霞落云开。祭祀龙神，祛除疾疫，五彩香包妙手裁。长命缕，祝吉祥如意，送福消灾。　　离骚重读犹哀，叹天地几番雾雨霾。念今逢盛世，澄清寰宇，永绵润泽，涤净氛埃。同忆灵均，共迎佳节，竞渡龙舟破浪来。欢庆处，寄图腾文化，民族情怀。

二零一八年六月十二日

张掖丹霞地貌

谁泼丹青染大千，锦山绣地锁尘烟。
红黄蓝绿百华里，疑是霓霞落九天。

二零一八年六月十二日

八声甘州·壮吟新时代

看中华上下五千年,几经幻沧桑。自开天辟地,推翻旧制,赤帜飞扬。收拾山河一片,昂首屹东方。顺应新时代,奋发图强。　　祖国日趋崛起,看军工文体,共铸辉煌。展民生科技,立业富家邦。向文明,坚持进取,砥砺行,龙马各腾骧。瞻前路,同心同德,再谱华章。

二零一八年六月十八日

长相思·闲吟

春有时,秋有时,似水流年尽入诗。短章有所思。　　情在斯,意在斯,却是心头一点痴。寄怀明月知。

二零一八年六月十八日

静夜吟

娉婷月影入书房,寥落星辰耿耿光。
总为展诗情缱绻,每因摘藻意徬徨。
春来醉赏千枝露,秋去清吟万径霜。
对夜无眠心遣笔,倦身正好理疏狂。

二零一八年六月二十四日

靖远行

圈湾子泉

一

一湾清澈碧魂幽，山自蜿蜒水自流。
溅玉飞珠奔涌去，甘泉汩汩诉春秋。

二

如倾如诉疾为霆，山有仙源水有灵。
滋润陇中灵秀地，发蒙万物播芳馨。

三

轰鸣作响绕谿林，不绝潺湲万籁吟。
谁解灵泉深浩渺，高山流水觅知音。

长相思·独石头

春水流，秋水流，一枕河床石梦幽。千年结蜃楼。
星月悠，岁月悠，渡口寻踪忆旧游。神驰向远陬。

长相思·漫游东湾镇

麦浪风，柳浪风，吹送泥香万顷中。新村绿紫浓。
佳气融，瑞气融，禅寺依山宝殿雄。佛光映九重。

长相思·重访靖远

备诗囊，携诗囊，故地重游引兴长。欢声绕曲廊。
变沧桑，感沧桑，沃土良田草木香。万家唱乐康。

长相思·重访白银

岁如梭,月如梭,再访铜城感慨多。盛时天地和。
唱踏莎,赋踏莎,更见繁荣任放歌。情殷九曲河。

长相思·访独石村

闻啼鸦,觅啼鸦,鸟语声声意可嘉。晚村枕落霞。
池畔花,墙畔花,诗话田园人竞夸。峥嵘岁月遐。

长相思·采风抒怀

游正酣,兴正酣,诗满他乡韵满山。从今别绪牵。
看大川,歌大川,人已归来心未还。神留天地间。

长相思·游虎豹口渡口

千顷涛,万顷涛,激浪奔腾荡九皋。丝绸古渡遥。
山也娇,水也娇,险隘雄关万世标。地灵出俊豪。

长相思·陇中行

山也迎,水也迎,摇曳葵花向客倾。访游作短行。
天有情,地有情,把盏同欢诗绪萦。感时留墨馨。

齐天乐·虎豹口缅怀先烈

奔流不息鸣湍浩,茫茫一川绵淼。恍见当年,雄师强渡,赤胆威如虎豹。欢声渐杳。正瞻拜前贤,雨疏烟渺。难忘英雄。诗心一片共追悼。　　而今已换旧貌。客怀留醉处,水美山好。古渡新村,黄河遗址,犹见碑林成堡。丹心有报。看岁月峥嵘,鹤鸣龙啸。写入春秋,纪辉煌炳耀。

沁园春·陇中畅游

故地重游,再访靖远,又问平川。看新村今貌,福荫后世;旧窑遗迹,追念先贤。古冢探寻,石碑凭吊,一片河山指顾间。逢嘉岁,觅神奇宝地,灵秀响泉。　　轻车径向庄园,望十里葵花向日鲜。赞大棚培育,春蔬秋菜;甘霖滋养,沃土肥田。生态平衡,人文厚重,民族精神可胜天。同心力,用勤劳谱写,不朽诗篇。

渔家傲·登鱼龙山

草木朦胧风景异,行来已觉诗怀绮。漫步长坡雨初霁。泥香里,登临俯看英雄地。　　昔日烽烟留印记,而今换得山河丽。遥望云舒天若洗。清净意,心中自有乾坤气。

二零一八年七月十五日

古笛新韵·行吟陇上

椽笔歌时代

处暑又金秋,吟坛正举筹。
黄河文化古,陇右景风悠。
椽笔歌时代,雄诗振九州。
共鸣襄国粹,雅韵溯源头。

平凉采风有作

古笛传新韵，吟讴陇上行。
秋花香满路，碧草色倾城。
始祖留佳话，崆峒有盛名。
依依湖畔柳，山水好风情。

秋游平凉

石气涤氛埃，谁将锦绣裁。
秋林红紫密，野卉浅深开。
宝殿巍巍立，泾河滚滚来。
风光迷望眼，草色近楼台。

平凉行吟

酬歌一路行，际会壮吟旌。
古道山花俏，新村晚照明。
六盘山势险，千佛石雕精。
诗话他乡美，悠悠万物情。

崆峒山漫游

岭路步香尘，依稀雁唳闻。
禅音萦静院，山势遏流云。
古刹传神韵，明湖映夕曛。
层巅迎客处，梵塔卧秋氛。

平凉印象

雄踞金三角，高原胜迹多。
岭丘花烂漫，书院柳婆娑。
虹映胭脂壁，龙蟠玛瑙坡。
崆峒天下秀，卓立耸巍峨。

平凉天源生态园

名园引兴长，游目赏秋芳。
藤上丝瓜翠，篱边野菊黄。
华堂迎远客，美酒尽流觞。
品茗观花处，荷风十里香。

访大寨乡桂花村

正逢秋好处，同访桂花村。
白壁青灰瓦，明窗黛紫门。
亭台萦水雾，草露涤尘昏。
修造蓬莱境，福荫贻子孙。

游平凉柳湖公园

一院绿荫稠，明湖岁月悠。
轻舟摇桨过，远客觅诗游。
垂柳风中舞，清泉石上流。
韩王遗故址，碑石诉春秋。

崆峒山共进素斋有作

豆蔬巧做素斋坊，东道殷勤劝客尝。
味美误为油焖肉，色佳疑是腊熏肠。
活灵活现烹虾嫩，唯妙唯肖烤鸭香。
饮食养生高境界，延年益寿匠心藏。

故地重游怀旧

20世纪90年代初期，诗词学会一行随袁老诗翁赴平凉采风。彼时彼地仍历历在目。数十年过去今又重来，不由感慨万千！成小诗一首聊作鹪寄：

又倚旧朱栏，思翁忆笑颜。
秋空风寂寂，幽树鸟关关。
诗叟终难觅，云轩不可攀。
归人鸿迹杳，天上列仙班。

虞美人·游崆峒山

兴隆翠色多奇趣，麦积生烟雨。神灵峻逸数崆峒，引得轩辕到此觅仙踪。　　琳宫梵刹通幽径，山水遥相映。翩翩玄鹤舞红霞，飞渡千般风韵到天涯。

二零一八年八月十七日

秋　诗

休要逢秋说寂寥，农收时节稻香飘。
层林尽染金风爽，更见飞鸿唳紫霄。

二零一八年九月十三日

诉衷情·秋游

朦胧雾气隐烟村，细雨浥轻尘。残英飞落如许，焉得理缤纷。　　休负了，惜花人，淡吟身。初心依旧，犹自倘佯，韵里乾坤。

二零一八年九月十五日

应邀游览七里河区景点

七里河区采风有感

雨霁风轻已觉寒，游车缓缓向丘峦。
山庄美景留人醉，尽遣秋光出笔端。

兰州老街

水榭亭台古朴风，人文荟萃一街中。
雕梁画栋明清景，福祉民生百代功。

游狗牙山花语小镇

霁景初开陌上游，垂槐含露绿盈眸。
格桑摇曳倾花语，恍若江南烟雨秋。

观兰州老街黄河石《满汉全席》展

佳肴满席各传神，休笑垂涎假乱真。
自色自形生妙趣，黄河石韵美无伦。

题云顶山灵岩禅寺

灵岩幽境锁尘烟，花海松涛锦上田。
暮鼓晨钟传佛道，游心静逸悟真禅。

采风途经修建中的黄河楼有作

摩天俯瞰大川流，无限风光一望收。
若得他年诗兴起，会当凌顶赋登楼。

参观彭家坪生态公园

异卉奇花景物妍，清香如缕袅晴烟。
灌丛飞瀑明湖畔，旖旎风光别有天。

虞美人·老街景观

青砖黛瓦朱轩殿，幽巷藏深院。路边花柳水边亭，满目明清街景展风情。　　拱桥曲阁浮雕砌，怀古休闲地。朦胧烟雨隐楼台，如画如诗疑是梦中来。

二零一八年九月十九日

中秋节

菊月露华滋，中秋共祝时。
几多珍重意，只语寄怀思。

二零一八年九月二十四日

金　秋

林木幽深隐小庐，蔷薇初雨落红铺。
倚风霜叶翻金浪，陇上秋光似画图。

二零一八年十月七日

【仙吕·一半儿】
题小花椒周岁生日

酉鸡金运正秋宵，周岁逢时明月高。学语咿呀神态娇。未垂髫，一半儿憨萌一半儿俏。

二零一八年十月九日

秋　思

春雨秋风去复来，千红万紫落还开。
人生每恨无回路，莫若时光仔细裁。

二零一八年十月二十五日

遥寄阳关

不言边塞景苍凉，只道飞天舞凤凰。
三叠古琴无俗韵，秦关汉月醉歌长。

二零一八年十月二十六日

伴孙儿

不整衣妆宅小窝,更无妙句可弦歌。
孙前孙后同嬉戏,倒比吟诗乐趣多。

二零一八年十一月三日

沁园春·锦绣中华

　　壮美中华,千里关山,万里海疆。看西湖烟雨,江南秀丽,祁连晴雪,塞北苍茫。大漠鸣沙,小桥流水,各有豪情写故乡。优游处,赏洞庭渔唱,琼岛风光。　　丹青翰墨流芳,更古老文明传远邦。有敦煌壁画,宇寰声震;长城遗迹,天下名扬。燕赵雄歌,汉唐盛世,锦绣未央日月长。同追梦,愿九州厚土,永继辉煌。

二零一八年十一月六日

送寒衣

心灯一盏照黄昏,未忘路边焚纸痕。
祭祖寒衣西北望,山高路远念家尊。

二零一八年十一月八日

清平乐·闲吟

裁冰剪雪,写尽词千阕。语不惊人情亦切,堪笑诗心痴绝。　　浮生如幻如真,何妨做个闲人。纵是沧桑历尽,知谁看破红尘。

二零一八年十一月二十日

偶翻旧作有感

风花雪月送流年,斗转星移物境迁。
多少感怀诗草里,悠悠往事不如烟。

二零一八年十二月十日

贺白银市诗词楹联家协会第三次会员代表大会暨靖远鹿鸣诗社成立1周年

剪水裁云雅兴多,黄钟大吕壮山河。
儒风古道金声振,塞上频传正气歌。

二零一八年十二月十七日

茶

粗茶可洗尘，佳茗更怡神。
把盏人如醉，清香比酒醇。

二零一八年十二月十八日

无　题

人生淡泊百忧宽，一片冰心随遇安。
何必杜康茶亦醉，果然有味是清欢。

二零一八年十二月二十五日

心　慵

几回秃笔向诗慵，底事词穷意未穷。
得句时神时晦涩，灵犀一点有无中。

二零一九年一月七日

诉衷情·寄语台胞

仲秋月满故乡天，游子梦魂牵。几多别恨离索，更待启归帆。　　终有日，解凝寒，共婵娟。倚声当祝，一统中华，血脉团圆。

二零一九年一月八日

归　来

睽别归来欲放歌，迎眸残雪掩枯莎。
金城最美滨河夜，两岸霓灯映碧波。

二零一九年一月九日

鹧鸪天·闲吟

无意高怀做雅人，偏生寻绎乐吟身。且将啸傲湖山梦，留作雪泥鸿爪痕。　　怀日月，鉴乾坤，撷来清韵洗心尘。诗成只为抒胸臆，得句何求泣鬼神。

二零一九年一月十三日

大　寒

大寒指日腊来时，道是天公情也痴。
未尽素尘天又雪，霜苞朵朵缀琼枝。

二零一九年一月二十三日

己亥初一拜年

桃未芬芳杏未开，吟春心绪怎安排。
不妨借得东风意，暖入屠苏贺岁来。

二零一九年二月五日

家严仙逝11周年

怎忘归时万木残，北风萧瑟水云寒。
又逢鹤驾登仙日，遥向天堂问近安。

二零一九年二月九日

题　春

泛泛游凫戏浅池，迎眸新绿染春枝。
东风如簇传芳讯，正是林花欲放时。

二零一九年二月十二日

闲 吟

心室无端乱抚弦，一停一颤六神颠。
怡人茶饮从今弃，快乐乒乓此后牵。
楼上黄昏闲弄句，诗边晓梦静参禅。
莫叹情趣成追忆，尚有诗书未了缘。

二零一九年二月二十二日

悼念蔡厚示先生

曾记幸逢同畅谈，行觞浅唱品醇甘。
黄河渡口留连久，白塔碑林驻足耽。
天已将昏人已倦，情犹未尽兴犹酣。
飞鸿踏雪留陈迹，无限追思向岭南。

注：2004年5月21日中华诗词学会顾问、福建省社会科学院研究院蔡厚示先生及夫人、湘潭大学教授、中国韵文学会常务副会长刘庆云先生来兰州进行诗歌交流。省诗词学会常务副会长宋寿海先生设宴招待。后由我陪同蔡先生、刘先生游览了白塔山和水车园等处。此后在广州还蒙刘庆云先生到我住的宾馆来看过我。往事历历在目……

二零一九年二月二十八日

春　结

花弄新红鸟弄音，春深春浅懒重寻。
诗心尚有佳山水，无意探梅作瘦吟。

二零一九年三月七日

赞中医

橘井生香尽可夸，千年瑰宝耀中华。
杏林自有回春手，大医精诚惠万家。

二零一九年三月十三日

蝶恋花·踏春

檀杏开时桃蕊小，醉柳垂丝，林甸泥香袅。更见离离原上草，披青绽绿涵烟渺。　　又是一年风日好，心雨如酥，引得诗情绕。蝶魄花魂吟未了，子规啼尽春山晓。

二零一九年三月十九日

祭 父

寒食清明又一年，哀思无尽付毫笺。
未能家祭同凭吊，权作小诗当纸钱。

二零一九年三月二十九日

梦幻凉州

一城坐落丝绸路，拓地开疆踞远陲。
西夏图腾留印迹，汉唐文化载丰碑。
雷台出土铜奔马，文庙藏珍金缕楣。
雪域高原依大漠，古都重镇史名垂。

二零一九年三月三十日

赞"四君子酒"暨诗酒文化与"一带一路"

千年圣迹古琴台，引得天涯墨客来。
故道花香人欲醉，层林叶茂鸟徘徊。
瀛洲丝路新风貌，荷泽琼浆老品牌。
更待相邀游胜地，放歌把酒畅诗怀。

二零一九年三月三十一日

遵医嘱服药感怀

曾赋闲愁不识愁，而今抑郁说还休。
病来心绪伤如许，辜负年光又一秋。

二零一九年四月一日

鹧鸪天·题画

墨自淋漓江自流，烟波浩渺载扁舟。岸边犹见松涛涌，纸上如闻渔唱幽。　　银瀑澈，绿英柔，白云生处隐茶楼。山川一望三千里，无限风光笔底收。

二零一九年四月三日

凉山火灾多名消防战士殉职诗以祭之：

又见天降无妄灾，心惊雷火夺英才。
雄魂缕缕飞林海，诗祭难书动地哀。

二零一九年四月八日

感巴黎圣母院失火

八百年间举世闻，何堪古迹化尘氛。
从今膜拜成奢望，忍见圣堂烟火焚。

二零一九年四月十八日

就医有感

精神慰籍友情长，医者仁心保健康。
生命尊严同敬畏，履行使命谱新章。

二零一九年四月二十九日

鹧鸪天·贺马龙获世锦赛三连冠

小小银球大作为，世乒角逐扣心扉。义无反顾轻装去，浴火重生王者归。　　经病痛，振龙威，历程艰苦舍其谁。终成鸿业三连冠，为国争光展笑眉。

二零一九年四月三十日

一剪梅·散步

忽见枝边白絮飘,燕自嘈嘈,雀自嘈嘈。奈何春色等闲抛,红渐寥寥,紫渐寥寥。 又踏残英过小桥,蝶意陶陶,柳意陶陶。旧游重忆梦魂遥,心绪滔滔,诗绪滔滔。

二零一九年五月一日

如梦令·夜吟

窗外天低云坠,细雨和愁声碎。索句遣吟怀,但得此心如水。 难寐!难寐!晓镜不堪憔悴。

二零一九年五月七日

槐 花

繁花尽赏浅深开,尤爱清馨五月槐。
锦簇玲珑悬玉坠,香飘十里引蜂来。

二零一九年五月八日

月夜感吟

吟榻缠绵送晓昏,当年朝气了无痕。
红尘织梦冰为魄,紫塞行歌韵入魂。
诗作灵丹疗瘦骨,词当甘露润枯根。
夜来掩卷情浓处,思绪万千和月吞。

二零一九年五月十一日

细雨送春

细雨绵绵浥柳丝,残花化蝶别春枝。
落英魂断香消处,又是绿肥红瘦时。

二零一九年五月十三日

给耄耋之年的老妈

岁月平添两鬓霜,精神不老任沧桑。
思维敏捷身犹健,微信频传问短长。

二零一九年五月十四日

水调歌头·闲吟

楼外远山淡,寂寞夕阳天。晨昏依旧,缠绵心绪几曾安。幸有诗词歌赋,索得锦囊佳句,吟咏送流年。逐景烟霞里,觅韵水云间。　　怜春老,叹春去,惜春残,多情休笑,怎奈世事总难全。漫道人生如梦,惯看红尘攘攘,何若伴梅兰。但愿花常好,相守共婵娟。

二零一九年五月二十一日

贺武威市诗词楹联学会成立10周年

正是风光旖旎时,又逢庆会赋新诗。
十年雅聚同吟啸,再续凉州绝妙词。

二零一九年五月二十二日

自遣游怀

省诗词学会一行赴平川鹯阴古渡口采风,吾虽因故未能同行却心随往之。因题:

古渡沙湾远客临,未能随往到鹯阴。
平川沃地风情系,自遣游怀共放吟。

二零一九年五月二十四日

西江月·"墨耕杯"获1201票感赋

苏子鸿孤云壑,伯牙弦断瑶琴。纵然清韵似甘霖,其妙几人能品。　浓墨涂描共赏,小诗题画同吟。而今四海有知音,一瓣心香欲沁。

二零一九年六月一日

题小花椒一岁半时游玩留照

一

依依不舍更凝神,想是孩提也惜春。
五月芳菲攒锦簇,引来憨态赏花人。

二

也懂怜香恁入神,轻拈珠蕾隔栏闻。
憨萌小脸拈枝笑,更比鲜花灿几分。

二零一九年六月一日

武陵春·芍药花

无意争春夸国色,白紫各芬妍。吐艳噙香向大千,舞似蝶翩翩。　　异日风摧芳魄老,更见乱红残。散落闲愁败絮间,花不语,自凝寒。

二零一九年六月三日

致球友

感念当年共赛场,胜时同贺败无妨。
但求快乐广交友,厚谊深情日月长。

二零一九年六月十一日

有感文坛乱象

奇葩各自春,静土染污尘。
望誉虚还盛,名衔假亦真。
文坛多乱象,道德渐沉沦。
世俗褒扬里,难寻独醒人。

二零一九年六月十六日

人生如茶

安于寂寞自雕虫,心静如莲百虑空。
休怨俗尘知遇少,何妨傻乐小楼中。

二零一九年六月二十二日

戒 茶

少小嗜香茶，情钟茉莉花。
皆因心律故，从此各天涯。

二零一九年六月二十六日

戒咖啡

心慌气脉微，割爱远咖啡。
作别星巴克，莫将天意违。

二零一九年六月二十七日

伫望黄河

渺漫自天涯，鳞波漾夕霞。
大河淘碛砾，落日映金沙。
浮水淹汀柳，行人弄岸花。
经川流不尽，惠泽万千家。

二零一九年七月一日

看 河

蹙浪疾如梭，心波逐逝波。
最甜桑梓水，情系母亲河。

二零一九年七月二日

林凤眠

人文教育仰清徽，美学精神与俗违。
半壁艺坛翁引领，一生坎坷雁孤飞。
心中浪漫濡浓墨，笔下乾坤浸碧晖。
颠沛流离情不改，身披烟雨画魂归。

二零一九年七月六日

忆 昔

同是苦吟身，锦心穷乐人。
诗盟弘大雅，笑傲看红尘。

二零一九年十一月十五日

题周力军京剧系列图展

一寸光焦一寸心，弘扬国粹坦胸襟。
美图胶片凝眸处，纸上如闻天籁音。

注：热烈祝贺周力军同学荣获"2019戛纳国际摄影节"Daguerre金像奖。

二零一九年十一月十五日

赴临洮参加甘肃省诗词学会第五届会员代表大会

临洮雅集

流云天畔夕阳开，狄道秋高远客来。
情共洮河千顷浪，一方热土聚英才。

狄道金秋

林木幽深隐小庐，蔷薇初雨落红铺。
倚风霜叶翻金浪，陇上秋光似画图。

以诗会友

吟盟诗会友,荏苒复春冬。
宋律兴怀共,唐音志趣同。
词修神籁韵,曲赋汉文风。
漫道桑榆景,依然逐梦中。

省诗词学会换届感赋

日月似奔轮,诗盟几度春。
夙怀齐物意,广结弄毫人。
健笔词生梦,高情韵有神。
吟坛临盛会,振铎又传薪。

陇上行吟

匆匆岁月流,觅韵几曾休。
盟鹭黄河畔,行歌古渡头。
倚声题雪月,梦笔写春秋。
众手擎诗帜,倾情共唱酬。

临洮访游

车行秋色里,莅会访临洮。
岳麓迷人景,马窑惊世陶。
仰韶遗宝藏,狄道领风骚。
名邑人文厚,古城享誉高。

临洮行吟

偕行笑语频，轻步紫泥津。
览胜松山下，游吟洮水滨。
齐家文化灿，辛甸彩陶珍。
生态钟灵地，洮乡毓秀人。

临洮畅游

安步踏秋阳，古城野趣长。
地灵称狄道，人杰誉诗乡。
刻石留洮砚，育林引凤凰。
奇峰披夕照，雄峙看沧桑。

贺省诗词学会第五届会员代表大会召开

几度春秋共笔耕，高情雅韵结诗盟。
骋怀警世云襟放，咏日嘲风陇上行。
赋得兰章歌正气，弘扬国学振金声。
吟坛后浪推前浪，继往开来任纵横。

省诗词学会成立 38 周年感赋

似水流年逐逝波，吟风诗雨助滂沱。
撷芳酬唱凝香句，讽俗留题警世歌。
寄语春秋盟带砺，笑谈岁月写山河。
放情陇上无穷意，时代强音共咏哦。

秋访临洮

一径轻车一径风，洮阳胜景赏心同。
西陲名邑秋光好，陇右陶乡瑞气融。
云岭寻诗林薮外，山庄觅韵鸟声中。
明时书院存遗迹，古老文明世望隆。

秋满临洮

心共云霞逐雁翱，吟秋思绪已滔滔。
邱园碧草含香露，田野金鸡着锦袍。
岳麓山横雕画栋，马家窑展彩纹陶。
民间艺术多风彩，洮水无龙气自豪。

大美临洮

似曾相识岂非缘，名邑边关别有天。
岳麓巍峨犹傲立，洮河清澈自蜿蜒。
山川灵气盈乡土，日月光华耀大千。
闻说老聃修道处，后昆建塔奉年年。

忆旧游

摛文琢句继唐风，三十八年心力穷。
陇水探幽惟逐胜，家山觅韵任雕虫。
诗边就梦尘怀静，物外存身俗虑空。
每忆旧游还历历，阳关一曲入丝桐。

二零一九年十一月十六日

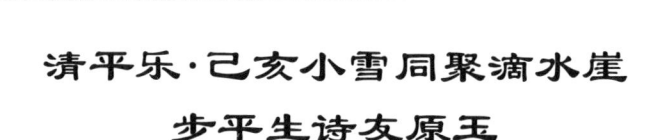

清平乐·己亥小雪同聚滴水崖步平生诗友原玉

古香轩牖,室雅玲珑漏。小聚清欢茶话逗,难得相知兰臭。　行觞笑指童颜,釜锅煮散云烟。小雪初寒时节,诗俦暖语堂前。

二零一九年十一月二十五日

念奴娇·读词偶作

案头榻上,读琼章佳作,何啻千阕。聚散浮生云覆雨,总总幽思惜别。静夜秋灯,霜天晓角,神往寒宫月。诗仙词圣,尽留墨韵清绝。　排遣自有群书,闲时把卷,解悟舒心结。偶得知交同约访,绣帙锦篇评阅。烛影摇红,貂裘换酒,梦笔阳春雪。不知今古。若痴多少人杰。

二零一九年十一月二十八日

游芳草园欲赏菊花无果

树似枯雕叶似麻,小园萧瑟噪寒鸦。
原知冬日无芳草,痴客偏邀去赏花。

二零一九年十一月二十九日

诗史堪怜咏絮才

谢道韫

乱世豪门实可哀,妄遭战祸降横灾。
毕生力作留无几,诗史堪怜咏絮才。

上官婉儿

词臣众士聚其门,天下诗文任品论。
一代昭容巾帼相,嚣尘终断女儿魂。

薛　涛

诗文滋养气如霓,为雨为云竟自迷。
红袖添香功盖主,孤怀终老浣花溪。

李清照

和弦琴瑟梦中寻,嫠妇空怀报国心。
故土难归无限恨,新词赋得对谁吟。

鹧鸪天·李清照

　家学传承乱世中,冰壶秋月付穷通。婉词谐韵惊人语,梦笔生花太古风。　寻觅觅,恨重重,离魂不肯过江东。绿肥红瘦留佳句,咏絮清才气吐虹。

忆秦娥·李清照

情切切，芳斋吟断云和月。云和月，寻寻觅觅，恨离伤别。　　鸟魂花梦箫声咽，紫毫赋得词清绝。词清绝，诗魂似玉，冰心如雪。

朱淑贞

独酬独唱独相思，弄句闺中始觉痴。
残墨不求传后世，幽情空付断肠词。

蔡文姬

乡愁不尽故园心，悲愤长吟伴古琴。
恨别胡儿归旧国，汉书续写慰云襟。

浪淘沙·秋瑾

沉陆九州寒，愁绪无边。秋风秋雨总情牵。魂魄轻扬无觅处，直上云天。　　生死两茫然，碧落黄泉。空留千古断肠篇。未竟平生匡复志，此恨绵绵。

秋　瑾

自向秋风唱大风，豪情高义与天同。
恨无利剑除魑魅，一缕香魂化彩虹。

二零一九年十二月十六日

诗史留名日月长

屈 原

许国身驱不惜抛,诗魂傲骨赋《离骚》。
忧思愤懑留天问,绝笔怀沙踏怒涛。

李 贺

化身龙马俗缘轻,太白仙才享美名。
天若有情天亦老,锦囊佳句鬼神惊。

孟 郊

苦吟不惜作诗囚,放迹林泉物外游。
颂尧歌舜思复古,嵩山归隐小柴楼。

王 勃

儒家狂者傲红尘,宦海沉浮失意人。
孤鹜长天留绝唱,寄情山水为修真。

王 维

书画沉酣少小时,笔濡山水墨濡诗。
辋川半隐心中闷,诉与天边皓月知。

刘禹锡

为官御史德才馨,陋室往来无白丁。
贬谪生涯诗作伴,归来还是旧门庭。

柳 永

怀才不遇实堪伤，满腹经纶付酒觞。
市井风情寻慰籍，流连坊曲作词章。

杜 牧

倜傥不羁儒雅风，朱门旧第付穷通。
《阿房宫赋》传千古，出落凡尘一醉翁。

辛弃疾

一代词宗义胆雄，抗金归宋稼轩风。
未酬壮志成遗恨，退隐山居往事空。

蝶恋花·辛弃疾

笑唤灵均同起舞，醉抚琴弦，心曲东篱诉。零落交游无觅处，欲寻芳草汀洲渡。　　未若苍生盟白鹭，自许云山，安得停云赋。试手补天求索苦，唯留嘉句传千古。

欧阳修

笔墨淋漓禀气雄，乐人之乐与民同。
庐陵太守翰林士，山水情钟一醉翁。

晏几道

锦衣玉食享荣华，弄月吟风共酒茶。
意气纵横生性傲，小山词婉奏红牙。

杨万里

文章盖世笔传神，口语入诗第一人。
体恤民情忧国难，立朝刚正寄吟身。

黄庭坚

诗风娴雅自从容，放笔纵横百炼锋。
点铁成金悉法度，参禅妙悟一师宗。

王安石

著书立说大家风，避俗趋新变法通。
文不言情求实用，诗裁瘦硬始神工。

苏　轼

京师名动好交游，诗案缠身贬颍州。
深化词风涵意境，筑堤品茗写春秋。

李　白

把酒行吟作远游，求仙访道赴齐州。
翰林谪徙归山野，唯有诗名万古留。

李　白

天涯仗剑行，吟骨自飘萍。
无意陪天子，孤风别紫庭。
亦仙还亦侠，非醉又非醒。
放饮邀明月，千秋笔墨馨。

李 白

无敌自疏狂，行歌震八荒。
论文须斗酒，吟啸醉斜阳。

李 白

笔惊风雨作龙吟，乐府歌行旷世音。
秉赋谪仙清冷质，貂裘换酒散千金。

李 白

访道诗仙谪酒仙，兴来把盏倚窗眠。
醉邀明月临丹阙，不屑追随天子船。

杜 甫

心系苍生世态凉，吟怀总为乱时伤。
江舟仙逝归何处，诗史留名日月长。

柳宗元

韵味深长婉约歌，诗因贬谪怨幽多。
调和儒法求其道，尽得唐风振玉珂。

李商隐

咏史抒怀典似迷，缠绵悱恻著无题。
诗而词化情高远，骈俪文辞气吐霓。

白居易

悠闲淡泊善其身,怜见天涯沦落人。
空负忠勤遭贬谪,歌行长恨绝无伦。

孟浩然

清风傲骨自悠然,点染空灵断俗缘。
踏雪寻梅栖隐处,田园诗咏古今传。

王昌龄

七言圣手任雕龙,边塞行歌气魄雄。
一片冰心如皓月,天涯踏韵马蹄中。

元　稹

孤吟独酌遣悲怀,为政秉公时运乖。
缀玉联珠留绝唱,情思不尽忆荆钗。

陆　游

豪放疏狂与俗违,诬嘲风月罢官归。
铭心一阕钗头凤,劳燕何堪各自飞。

陆游与唐婉

未了情缘两意痴,锦书难托断肠时。
分飞鸾凤伤离处,千载空留壁上词。

菩萨蛮·读放翁《沈园二首》有感

惊鸿何在魂牵梦，离伤空付钗头凤。缱绻沈园游，难书云雨愁。　　薄欢无意绪，千古留佳句。题壁诉情殇，孤怀别恨长。

林　逋

一生恬淡伴湖山，招鹤共鸣犹自闲。
千古咏梅留绝唱，孤高风骨溢其间。

马致远

夙兴夜寐为功名，一梦黄粱了宦情。
莫若缶歌聊以乐，身潜诗礼向蓬瀛。

贾　岛

诗僧千古有知音，两句三年任苦吟。
月下推敲惊宿鸟，留传典故到如今。

李　煜

错生九五帝王家，绝代文才韵藻华。
魂断汴京多少恨，仁君故国各天涯。

鹧鸪天·陶渊明

傲骨超凡脱俗尘，孤怀淡泊性情真。索居故土田庐旧，隐逸诗魂境界新。　　桑竹梦，布衣身，东篱采菊醉中人。感时又读桃源记，千古重温笔下春。

纳兰性德

身居突厦逸天姿，却动山湖鱼鸟思。
只叹完人年不永，千秋传唱纳兰词。

尹湛纳希

泣血红亭泪欲吞，访贤数典古风存。
奇文散韵留青史，塞北儒生民族魂。

司马迁

不媚权豪剑胆悬，高才冠古世称贤。
残躯独伴春秋笔，濡血写成华夏篇。

二零一九年十二月十九日

卜算子·咏柳

岭外绿婆娑，飞絮人家绕。折柳桥头旧事多，伤别知多少。　　翠色向天涯，不负秋光好。残叶飘零化作泥，依旧垂枝袅。

二零一九年十二月二十九日

鹧鸪天·觅春

九陌楼台景色昏，催花腊雪落轻尘。小枝欲绽夭桃蕾，大地将苏蕙草根。　　惊鸟魄，动诗魂，总将点墨挹清芬。东风无迹何愁觅，寒韵拈来笔下春。

二零二零年一月六日

永遇乐·秋吟

千里流晖，万山飞絮，秋意无限。草径虫鸣，林间鸟唳，落叶飘沟涧。长河浴日，高天溢彩，伫看白云舒卷。也曾梦、鸥波萍迹，放棹五湖行遍。　　东篱菊寂，杨槐掩隐，偶过衔霜塞雁。斗转星移，春来冬去，大地枯荣换。晚芳纷谢，朝花夕拾，知是人生苦短。莫辜负、诗情尚好，夕阳正灿。

二零二零年一月十五日

鹊踏枝·家父逝世12周年祭

一自离鸿长忆别，宛在人间，却是音尘绝。戎马生涯沉岁月，当年何惜青春血。　　率性秉真无媚骨，随遇而安，且乐杯中物。酹酒滔滔心恍惚，芳樽可到泉台不。

二零二零年一月十六日

袁第锐先生逝世10周年感赋

倚马之才国士风，恬园遗稿逐泥鸿。
神思高迈文章外，气韵清殊笔墨中。
魂有所归千佛土，身无意遇一诗翁。
追怀旧事遥相祭，天地垂哀万籁空。

二零二零年一月十八日

除　夕

灯光璀璨月光寒，晓色朦胧夜色阑。
炮仗声中同祭祖，恍闻归鹤唳云端。

二零二零年一月二十五日

全民抗疫

以诗抗疫

病毒无情疠气昏,以诗抗疫爱留痕。
万千祝福传春意,尽遣吟魂振国魂。

赞奔赴武汉支援疫情的白衣战士

白衣使者逆风行,千里施援战疫情。
敬业扶伤当许国,无私奉献不邀名。
悬壶救患风雷厉,济世安民肝胆倾。
愧我难襄绵薄力,且将瘦句赞群英。

祝抗疫医者凯旋而归

献身使命寸心倾,除疫降魔作壮行。
携手擎天迎挑战,攘灾领命又从征。
解危荆楚同休戚,救难江城各请缨。
祈愿春归风雨后,神州响彻凯歌声。

世界各国援助中国疫情有感

众擎易举助江城,民族精神世尽惊。
业界援声来海外,邦交赈济自寰瀛。
山川异域存知己,日月同天结友盟。
待到毒魔歼灭后,风尘涤净踏春行。

武汉封城二十天有感

黄鹤楼空锁阁栏，群山凝寂两江寒。
英雄城市遭瘟疫，龙虎风云挽巨澜。
举世支援情似海，全民纾祸志如磐。
但期医者回春手，研发菌苗灭毒冠。

和毛主席《送瘟神》原玉

年逢庚子祸其多，天虐桥城所为何。
人迹稀疏封要道，风声幽咽放悲歌。
逆行战士离乡土，拯救苍生渡苦河。
可待消夷妖雾散，春江万里漾清波。

诉衷情·读"各地诗声"声援武汉防疫抗疫有感

诗能振国信无差，奋笔助中华。应怜病毒贻祸，祈福自天涯。　　当指日，逐阴霾，耀晴沙。回春荆楚，重聚江城，再展樱花。

鹧鸪天·战瘟神

大济苍生雨露臻，八方援鄂动乾坤。扶危不乱悬壶志，使命当承报国身。　　怀热土，解封尘，股肱之力战瘟神。可期胜地重游日，再赏江城浩荡春。

浪淘沙·蛰居观疫情有感

邪疫不堪忧，肆虐神州。妖氛何处问源头。路杳城空无人迹，烟锁重楼。　　医者寸心投，风雨同舟。情怀耿耿为民谋。信是雷神将涤净，一片金瓯。

江城子·武汉之春

垂杨依旧戏春风，杏初红，李方浓。寂寞樱花，吐艳碧湖东。黄鹤楼前人迹杳，山静谧，雾朦胧。　楚天欲泪水云重，一城封，九衢空。痛国之殇，众志缚苍龙。共挽狂澜扶大厦，除瘟疫，有群雄。

水调歌头·武汉战疫奏凯感赋

庚子邪风止，丽日逐春寒。梧桐魂返枝叶，丛木隐啼鹃。影动老街古巷，又见青山绿水，湖畔柳生烟。黄鹤白云地，江汉艳阳天。　凝众志，经洗礼，度难关。英雄城市，承负忧患益弥坚。更有神州如盾，援自八方战疫，合力破楼兰。故国今依旧，大爱济人寰。

水调歌头·武汉启封感赋

零点钟声响，星灿碧云天。满城霓影明灭，今夕胜新年。轮渡齐鸣轻驶，灯饰流光溢彩，烟火漫人间。黄鹤楼前月，四海共婵娟。　解封禁，通航线，撤卡关，江城重启，不负举国共驰援。礼赞白衣使者，无畏无私奉献，仁爱寸心丹。迎送天涯路，踏翠凯歌还。

二零二零年二月十日

自　遣

须臾一岁又蹉跎，光影流年感慨多。
春雨秋窗闲散日，山情水意渐消磨。

二零二零年二月二十六日

感群鸭灭蝗灾

害虫亦可酿天灾，沙漠飞蝗蔽日来。
不忍鸭兵除大患，奖台未上上餐台。

二零二零年二月二十九日

继续宅在家里过"三八"

闲庭春色又当楼，阻击新冠宅未休。
应是人人厨艺长，家常便饭胜珍馐。

二零二零年三月八日

祝老妈90周岁生日快乐

捧来醽醁祝尧觞,松菊延年日月长。
笑口常开终不老,福星高照寿而康。

二零二零年三月十二日

鹧鸪天·袁第锐先生逝世10周年缅怀

几度秋残几度春,恬园书屋绝音尘。遗篇论著如椽笔,髦鍪弥坚不倦身。　担使命,著鸿文,拈来高韵语惊人。相传薪火行天下,更倩诗魂振国魂。

二零二零年三月十六日

题照 步王安石《赠外孙》原韵

小庐抚养小鹰雏,烂漫天真碧月如。
长大应须行万里,腹中也载五车书。

二零二零年三月十七日

清明祭父

一

蹊岖山路向园茔，岁岁清明岁岁行。
闻告疫期停祭扫，遣诗以慰缅怀情。

二

归去蓬山十二年，又逢寒食寂寥天。
酹觞祭父花传语，一掬落英当纸钱。

二零二零年四月二日

小院暮春

忽见桃花尚满枝，蛰居无绪觅春迟。
依稀燕啭莺传语，人意何如鸟意痴。

二零二零年四月十日

水调歌头·神游宕昌山湾梦谷

峡谷通幽处，天宝物华藏。庶黎繁衍生息，史话溯西羌。厚重人文底蕴，凝聚大地灵气，素誉药之乡。十里不同景，四季好风光。　观村院，挥诗笔，赋词章。山湾寻梦，怀古追远韵流长。忆昔红军经此，哈达铺留旧址，故迹写沧桑。踏访雄关道，小镇沐春阳。

二零二零年四月十七日

题　图

满目琼英秀可餐，黄鹂声里百忧宽。
心香一瓣何由寄，不在枝端在笔端。

二零二零年四月二十二日

山湾梦谷晨烟题照

晓烟出岫景朦胧，如幻如真瑞气融。
林谷村湾诗话里，农家逐梦此山中。

二零二零年四月二十三日

红楼一梦

悠悠一梦尽风流,假语村言笔底收。
只为权将真事隐,空劳众口说红楼。

二零二零年四月二十五日

鹧鸪天·神往张家界

谁在层楼听晓鸿,锦天绣地赏心同。青山横亘畦田外,朱阁依稀云雾中。　　观圣境,醉春风,如丝细雨意方浓。一怀诗绪知多少,更比林峦深几重。

二零二零年五月三日

夏

谁掬清泉洗碧空,远山草色正葱茏。
暖香过处飞花雨,化作流云万顷红。

二零二零年五月五日

鹧鸪天·闲吟

曾似奔波水上鸢,今成倦鸟旧窠还。云光半榻吟晨月,柳影一窗听暮蝉。　　因疾恙,得清闲,雪泥鸿爪诉诗篇。惟期不日重舒翼,再向天涯看大千。

二零二零年五月十三日

浣溪沙·雨夜吟

人有悲欢月有阴,未妨旧迹又重寻。闲宵正好作闲吟。　　灯映窗扉风寂寂,雨催诗兴夜沉沉。料应幽径落花深。

二零二零年五月十六日

雨　夜

烟云如坠雾倾城,心有胡思夜有声。
枕簟摊书听暮雨,耳边淅沥到天明。

二零二零年五月二十四日

历史人物

秦始皇

长城修筑逐匈奴,重整金瓯纳版图。
暴政焚书坑术士,普天皇土拜王都。

鹧鸪天·武则天

生在闺中黯自怜,红装粉黛爱江山。孤怀未就辉煌业,潜网无形寂寞天。　襄弱主,举高贤,是非功过任人言。千秋谁解心中事,无字碑成不必诠。

唐明皇

大治开元剑懒磨,怎知安史起干戈。
马嵬坡上京师乱,千载空留《长恨歌》。

成吉思汗

休道弯弓只射雕,戍边征战马萧萧。
封疆中亚平西夏,天将雄师一代骄。

努尔哈赤

铁血心肠烈火情,江山皇统寄生平。
戎装鞍马勤为政,留得君王不朽名。

康　熙

撤藩勘乱问民情，收复台湾归大清。
文治武功千古帝，康乾盛世永垂名。

乾　隆

国运鼎昌天道隆，康乾之治最高峰。
边疆平定施仁政，钦定修书褒贬中。

慈　禧

何能掌大清，积弱误苍生。
割地徒赔款，垂帘枉握兵。
诏书除科举，破格纳才英。
莫问功和过，唯留祸国名。

二零二零年五月二十五日

观航拍黄山即兴

一

山畔流云雨瀑飞，险峰怪石耀清晖。
临屏领略天宫景，恍若吟游到翠微。

二

宫阙玉屏云水间，奇松迎客出尘寰。
清泉当墨峰为笔，难绘神州第一山。

二零二零年五月二十七日

应朱会长邀请与诗友雅聚

故交欢聚烛光融，妙语横生酒正浓。
细说吟坛风雅事，诗香迷漫小楼中。

二零二零年五月二十八日

沉痛悼念高财庭副会长

一

不啻惊雷动地哀，疾风骤雨折英槐。
诗坛星陨黄河泣，惋恨天公夺隽才。

二

惊闻噩耗痛心扉，遥望乌兰鹤不归。
吟魄淹留天上月，槐英千载吐清晖。

二零二零年五月二十九日

无 题

莫叹金樽空对月，淡茶当酒亦陶然。
人生聚散寻常事，惯看冰轮几缺圆。

二零二零年六月一日

鹧鸪天·静夜感怀

　　世事纷纭俗累牵，人生遭际且随缘。诗边梦幻胸中壑，笔下湖山物外天。　　嗟聚散，感悲欢，韵音流作洗心泉。一杯清水当醺醲，邀月同斟聊自宽。

二零二零年六月二日

夜　吟

　　数落紫穹三五星，诗思零乱理难清。
　　一帘灯影无眠意，且坐楼台伴月明。

二零二零年六月四日

无　题

　　穷韵枯吟寄此身，如烟往事半封尘。
　　浮生不为浮名累，便是喧寰梦醒人。

二零二零年六月八日

赏读吴老《五泉公园花卉展即兴》有感

鲜妍何以辩荣枯，鱼目从来可混珠。
醒者易痴徒惹恼，聪明人总说糊涂。

二零二零年六月十日

父亲节致天下所有的慈父

父爱无声情厚重，深如大海细如泉。
隐形羽翼遮风雨，撑起家家一片天。

二零二零年六月二十一日

踏莎行·题狼牙山

燕赵雄关，奇峰险地，层峦竞秀风光异。草丛树影碧参差，洞天别有烟霞气。　　壮士当年，舍生取义，碑铭石塔哀思寄。丹心碧血耀乾坤，英灵换得山河丽。

二零二零年六月二十二日

端午节遥诵屈子

端午祭屈原

江潭五月起沧波,每到端阳说汨罗。
三楚精魂含恨去,空留香草美人歌。

兰山烟雨楼登高怀屈子

一山兀立接云天,绝顶登游半似仙。
雅集吟堂怀屈子,诗声响彻翠微巅。

端午怀屈原

许国之躯不惜抛,诗魂傲骨赋《离骚》。
忧思愤懑留天问,绝笔《怀沙》踏怒涛。

端午祭屈原

又逢仲夏聚端阳,艾叶悬门备五黄。
一自《怀沙》留绝笔,千年传诵楚辞香。

端午忆屈子

岁岁端阳话汨罗,感吟千古楚魂歌。
疮痍乱世因权佞,断送英灵伴碧波。

听精典传唱人演唱屈原

黄钟大吕韵流金,荡气回肠绕楚音。
王者之声重奏响,《离骚》一曲动诗心。

醉花阴·端午节

窗牖门扉悬艾草，香气人家绕。重五又端阳，祈福平安，更有菖蒲俏。　　雄黄酿得琼浆好，米粽荷包巧。只道祭灵均，孰解忠魂，天问知多少。

鹧鸪天·兰山登高怀屈子

"兰山烟雨楼登高怀屈子"诗友雅集分韵得"楼"字：

烂漫园林烂漫游，时逢端午会诗俦。欢言翰墨风云地，雅聚兰山烟雨楼。　　怀屈子，放歌喉，长吟短诵韵声悠，楚魂遥祭情无限，相约年年共唱酬。

沁园春·端午节

又到端阳，门系艾草，粽满灶台。正夏初时节，风和日丽，宜人清景，霞落云开。祭祀龙神，祛除疾疫，五彩香包妙手裁。长命缕，祝吉祥如意，送福消灾。　　《离骚》重读犹哀，叹天地几番雾雨霾。念今逢盛世，澄清寰宇，永绵润泽，涤净氛埃。同忆灵均，共迎佳节，竞渡龙舟破浪来。欢庆处，寄图腾文化，民族情怀。

二零二零年六月二十六日

夜 怀

楼静一灯明，神清夜亦清。
无眠心绪扰，多病梦魂惊。
倚榻听残雨，吟风叹落英。
人间诗意少，何事自多情。

二零二零年七月四日

鹧鸪天·咏猴子掰玉米

　　掰粟猢狲不肯休，挑来拣去已昏头。眼前纵有千千好，腋下终难个个留。　　应悟道，莫贪求，难填欲壑总添忧。前功尽弃空忙乱，落得徒劳枉自愁。

二零二零年七月五日

土豆花

难登大雅向人夸，百卉谁闻土豆花。
纵是香魂生塞野，不教玉魄染泥沙。
夏时碧枝开繁蕊，秋后芳心入万家。
瘦骨无求称国色，清姿依旧遍天涯。

二零二零年七月十一日

无 题

作诗漫道近虫雕，拈韵几番灯下敲。
秋月春花吟不尽，痴情一点总难抛。

二零二零年七月十二日

小 草

由他草芥轻，自在不邀名。
雨打纤姿秀，风吹翠色盈。
无私甘奉献，谦畏任枯荣。
萎败滋泥土，还酬大地情。

二零二零年七月十三日

走进青城

初访青城古镇

大川古渡水烟乡，宋代边城守一疆。
闻说闯王归隐地，人文荟萃铸辉煌。

青城城隍庙

保留遗产护城隍，寄托精神祈健康。
许尽信徒多少愿，虔诚叩拜供心香。

罗家大院

庭院深深爽气迎，砖雕古朴槅窗清。
祠堂典雅回廊美，更有水烟遐迩名。

高氏祠堂

风雨沧桑三百年，才兼文武匾额悬。
留存御笔铭家训，一代辉煌诉大千。

青城书院

重寻书院旧时痕，室迩人遐故事存。
桃李春风施雨露，几多才俊出黌门。

葡萄园

垂香滴翠雨初收，串串葡萄入醉眸。
疑是琼枝悬玛瑙，玉珠点缀一园秋。

荷塘秋色

千亩荷塘黛染空，欲寻花影有无中。
来年更待游时夏，料是新莲映水红。

赞榆中瑞丰生态农业开发有限公司

起家不畏路难行，奋斗经年事业成。
勤勉拓荒留硕果，终酬一片故乡情。

生查子·访青城

古镇孟秋游，西域风情展。画栋掩雕窗，故事藏深院。
丝路埠商城，繁衍黄河畔。史迹共寻踪，华夏文明灿。

访青城古镇

石垒砖雕白碧墙，匾额斑驳诉沧桑。
千年轶事千年话，十里荷塘十里香。
商埠边城输散地，丝绸之路水烟乡。
民居典雅民情朴，文脉源源日月长。

八声甘州·走进青城

正缠绵秋雨涤青城，小街净无尘。访黄河名镇，感受风土，领略人文。堪羡深深庭院，民宅古风存。典雅明清景，如幻如真。　　又见荷塘野色，念得天独厚，水岸烟村。引八方游客，到此挹清芬。展千年、文明缔造，看今朝、大美满乾坤。桃源路、点燃梦想，更待新春。

二零二零年七月十七日

题　图

观吴定川美术馆感题

丹青妙手有莘耕，彩笔饱含无限情。
活色生香传意趣，恍闻纸上鸟啼声。

赏吴定川先生牡丹画意

丹青点墨百花王，小雀枝头啼暖香。
悦目赏心惊艳处，诗情更比鸟痴狂。

题吴定川先生《雏菊图》

雏菊小花能傲霜，不图墨客费评章。
人怜啼鸟痴如许，同醉清秋一段香。

题吴定川先生《国香图》

石上苔痕翠色盈，兰生幽谷国香清。
丹青真色凝眸处，花自芬芳鸟自鸣。

赏吴定川花鸟画有感

纸中如透暗香来，鸟自嘤鸣花自开。
泼墨成枝凭写意，青城尽是不凡才。

题吴定川先生《紫蓟图》

蓓蕾初开盛夏时，野花吐艳更多姿。
一丛蓟草飘香处，如醉雀儿魂欲痴。

题吴定川先生花鸟画

朴实无华不斗妍,波斯花绽静如禅。
神功意匠多情趣,鸟亦消魂菊魄前。

题吴定川先生《花鸟图》

有此倾城秀可餐,黄鹂声里百忧宽。
心香一瓣何由寄,不在枝端在笔端。

劳赠《牡丹图》

与《青城诗词》编委会成员小聚,并获吴定川先生赠墨宝,喜不自胜!题小诗一首以谢:

契若金兰陇上吟,鸥盟云谊贵如金。
流芳墨宝劳相赠,一寸丹青一寸心。

吴定川先生惠赠字画感赋

不愧誉为花鸟王,一帧国色溢天香。
丹青水墨传神韵,引得雀啼蜂蝶狂。

题吴定川先生《月季图》

笔情墨韵绽红黄,一鸟平添野趣长。
最爱此花开不败,鲜妍不逊牡丹王。

题吴定川先生《万壑银花图》

犹见双栖鸾凤姿,和鸣山雉伴雄雌。
琼花红叶添秋趣,写意昌年瑞雪时。

题吴定川先生《牡丹图》

花团锦簇赏心萦,纸上春熙落笔惊。
傲骨无须夸国色,天姿神韵自留名。

题吴定川先生《四季吉祥》组画之一

四季题花四季香,红娟吐艳赛扶桑。
雉鸡鸣唳传瑰意,岁岁平安祝吉祥。

题吴定川先生《四季吉祥》组画之二

翠竹红荆淡墨痕,野芳香郁满乾坤。
一丛紫叶秋声里,更见花魂伴鸟魂。

二零二零年七月十九日

叶嘉莹

一生劳瘁为诗词,立足讲坛蚕吐丝。
炼石补天传国粹,莲心不老梦犹痴。

二零二零年七月三十日

沈祖棻

皆言纸贵女儿诗，只道千秋漱玉词。
谁识闺中神韵笔，墨香盈卷惹人痴。

二零二零年七月三十一日

诗与远方

大漠敦煌

天赐清泉月一弯，水光涟滟映沙山。
莫高石窟修禅地，烽燧墩台筑两关。

玉门关

西域之门旷莽间，城楼兀立翠屏环。
胡杨挺拔春风度，不复当年旧汉关。

阳关古道

汉夷商贸展丝绸，绝域长城引客游。
犹见紫台连朔漠，阳关古道两悠悠。

遥寄阳关

谁言西域景苍凉，伎乐飞天骛凤翔。
三叠古琴无俗韵，秦关汉月醉歌长。

诗与远方

关山万里月笼沙，大漠驼铃陇上笳。
再续雄浑边塞曲，遣诗流韵到天涯。

沁园春·敦煌

古道驼铃，文化名城，西域雄关。忆凉州羌笛，他乡故事；莫高石窟，世界奇观。塞外风光，飞天艺术，丝路明珠万象妍。林地好，更月牙泉映，大漠沙滩。　　绿洲疑是江南，看紫气东来锦绣天。正春风袅绕，戍楼陇月，繁花锦簇，杨柳人烟。汉代长城，边疆重镇，魅力之都苍莽间。云水美，引八方雅客，共绘华篇。

二零二零年八月五日

陇原秋韵

塞曲奏胡笳，飞仙抱玉琶。
金风鸣紫塞，落日映黄沙。
雾罩千重岭，山披五色霞。
云中鸿雁唳，秋韵满天涯。

二零二零年八月七日

黄河源头

雪融泉眼助滂沱,源远流长逐逝波。
遄水淘沙千叠浪,汇成华夏母亲河。

二零二零年八月十一日

题图诗

珍爱永久

笑对无言意已通,沧桑岁月两相融。
偕行但愿人长久,共话西窗晚照中。

着 色

栩栩如生妙手裁,刀雕彩绘玉人来。
民间艺术留遗产,喜庆逢年搭影台。

鸳鸯戏水

正是春江水暖时,鸳鸯游曳逐雄雌。
不离不弃皆夸羡,倒比世人情更痴。

舀 汤

煲汤煮饭试新茶,村落蒸腾共晚霞。
又是丰年邻里乐,炊烟起处是农家。

长郊暮雪

万顷云霞缀锦鳞，长郊暮雪覆埃尘。
远山隐约杨枝嫩，一抹斜阳欲破春。

红波涌动

山乡堪作画图夸，秋色朦胧未有涯。
待到云烟消散后，高原红柳胜桃花。

一道道山来一道道梁

道道青山道道梁，绿莎塬上见群羊。
朝曦辉映晴光好，满目峥嵘野趣长。

五彩缤纷

谁令山披五色霞，斑斓夺目灿春华。
非关神斧天工赐，汗水浇开朵朵花。

崆峒泛舟

山色宜人水色清，扁舟一叶画中行。
参差草木婆娑影，引得斋心动旅情。

乔川秦长城

北逐匈奴筑石墙，千年悲壮历沧桑。
而今边塞风情好，凭眺重山引兴长。

放风筝

金色童年犹可追,小花朵朵沐春晖。
他年各骋青云志,梦系风筝共放飞。

古城溢彩

温柔暮色罩环河,两岸通明映碧波。
堤畔彩霓迷望眼,古城灯火比星多。

面授技艺

花有芬芳蝶有魂,玲珑剪上有乾坤。
倾情相授传才技,文化非遗万代存。

静 钓

淡荡烟云淡荡风,草虫唧唧绿莎丛。
蓼汀独坐何方客,垂钓灵山秀水中。

古宅飘香

灯笼高照晚云天,紫气盈门起灶烟。
宅院清幽香绕处,阖家欢聚话丰年。

二零二零年八月十八日

通备系列

劈挂百式大架

腾跃翻飞起卧龙,九霄捧日化长虹。
通神运掌摇山岳,天地精华吐纳中。

通备苗刀

迅猛攻防刀出鞘,千钧之力撼长穹。
撩推劈刺寒光闪,技法精深气势雄。

特警实战短棍之一

虎虎生风力劈山,棍挥一片扫尘寰。
顶端神速穿喉过,独揽群雄只等闲。

特警实战短棍之二

苦练精兵铸盾威,信知汗水为谁挥。
除邪惩恶披肝胆,迎得春回大雁归。

通备内力盘根修心法

乾坤游身式

身轻如燕出尘寰,皓月可登星可攀。
漫步烟霄云共舞,任他华发已斑斑。

摇山撼月

虚实阴阳有若无，刚柔并济影形舒。
提神运气吞天地，愉悦身心百病除。

八极拳

动如猛虎静如禅，近战攻防克敌顽。
运气丹田频跺步，声声雷震力拔山。

皮条功

疾雷乍裂抖条绳，鹞子翻身龙虎惊。
左右开弓强臂力，乾坤响彻练功声。

八阵拳

横空出世起狂飙，吐雾吞云驭大雕。
静动刚柔功力好，如虹气势上青霄。

裎袍剑

立地通天有若无，刚柔飘逸戏龙图。
翻身探海添神韵，气势吞云敌万夫。

拦门撅

双撅如鞭快马催，回身突刺疾如雷。
迎门劈砸金枪断，日月齐天耀翠嵬。

风摩棍

风卷残云日月昏,锦华铺地树盘根。
棍为经络枪为脉,横扫八方彰武魂。

戳 脚

脚下生风撼九霄,弯弓待虎出奇招。
鸳鸯腿法连环步,直捣黄龙斩敌妖。

通备十八拦刀

炉火纯青百练刀,出神入化展龙韬。
寒光闪烁惊魂断,斩棘披荆胆气豪。

奇 枪

巧技攻防捷似神,练枪翻滚不离身。
梨花零乱银蛇舞,兵械之王艺绝伦。

劈挂拳

掌中霹雳见锋芒,快如抽鞭何用枪。
闪劈滚肩身法巧,腾龙飞虎气轩昂。

翻子拳

开门旗鼓气冲天,飞腿穿心探海拳。
云手搬拦虚影掌,锁翻绝技古今传。

披挂大剑

霜锋闪烁玉龙奔,动有雄风立有根。
拂袂轻舒三尺剑,银光飞舞耀乾坤。

十趟弹腿

古今武艺溯根源,通备神功有世传。
十趟连环飞剪腿,风飙大地气通天。

二零二零年八月二十日

孟秋重访青城

赴青城途中

驱车乡道客心驰,正是云舒云卷时。
陇上风光观不尽,归来好赋赏秋诗。

青城品秋

风情小镇会诗俦,古迹遗尘忆旧游。
照壁砖雕添逸兴,崇兰山下品新秋。

青城雅集

几处留连步履迟,吟怀酣畅雨濛时。
眼前秋景休辜负,尽遣风光入小诗。

风情小镇

历史名城雨露臻，民风民俗蕴人文。
陇上平遥江南景，十里荷塘溢紫氛。

访青城遇雨

正是飞花逐水时，小城踏访步迟迟。
荷塘烟雨敲秋韵，陇上江南信有之。

孟秋访青城

缠绵细雨浥轻尘，绿满山原野意新。
古镇繁荣民宅好，小街幽静庙堂珍。
礼仪待客乡情朴，豪爽酬朋醽醁纯。
共话青城风雅地，一方水土一方人。

虞美人·又访青城

应邀又访青城镇，重觅林泉韵。黄河谷地小江南，更见荷塘秋色露华涵。　　明时宅地清时殿，杨柳深深院。流连忘返漫游人，情共陇乡豪气满乾坤。

武陵春·青城书院

始建道光年代久，书院古风存。朴棫菁莪留旧痕，教泽重人文。　　仁义之乡传美誉，德业蜚声闻。遍布天涯桃李春，才俊出黉门。

鹊踏枝·青城

深宅轩居雕壁照,黛瓦青砖,画格窗棂巧。山下楼台山上庙,祠堂梵刹知多少。　　风雅之城民俗好,文化交融,竞奏西厢调。芦荡荷花香缥缈,大船古渡烟波浩。

鹧鸪天·青城雅集群落幕

小镇归来意未休,金城有约又觖秋。话诗情醉铿锵韵。把酒言欢湘水楼。　　倾绿蚁,伴红牛,但期常聚尽欢酬。此番也作兰亭会,觞咏兴怀禊事修。

二零二零年九月二日

祝贺《玉门关诗词》出版

关山万里月笼沙,大漠驼铃陇上筇。
再续雄浑边塞曲,遣诗流韵到天涯。

二零二零年九月十三日

向日葵

葵藿之心性有常,如盘硕果耐炎凉。
为花不入群芳展,并立田间晒太阳。

二零二零年九月十五日

秋　吟

生涯恬淡兴偏幽，素影清杯自唱酬。
赏月常因残月叹，看花总为败花愁。
夙知学浅勤开卷，渐觉疏慵懒下楼。
又是阑珊无梦夜，庭槐摇落故园秋。

二零二零年九月十八日

世人皆睡我独醒

终宵寝不眠，难耐夜如年。
隐约星流影，朦胧月在天。
室幽晨旭透，人静燕声传。
此刻千般愿，唯求做睡仙。

二零二零年九月二十四日

初识通渭

陇中曲艺道民情，文化之乡有盛名。
礼乐农耕留史话，榜罗小镇聚群英。

二零二零年九月二十六日

兰山雅集

兰山三台阁修葺一新,恢复了文化内涵。有幸受邀共襄文事,却因不适未能上山。发拙作以贺:

三台阁雅聚

巍峨楼阁倚天开,文事共襄今又来。
览胜会当凌绝顶,眼前风物动诗怀。

登兰山有作

兰山矗立翠屏长,形若蟠龙踞一方。
暮鼓晨钟萦古刹,松声切切诉沧桑。

鹧鸪天·兰山雅集

岚岫清风紫气临,云天石径共登寻。三台星阁雄奇景,万壑松涛天籁音。　　诗溢彩,韵流金,放怀寥廓作豪吟。娜嬛福地修龙脉,文化传承涵古今。

二零二零年九月二十八日

中秋夜吟

秋节赋秋诗，如霜月夜迟。
东篱花好际，西塞雁飞时。
无梦还追梦，有思何所思。
人生知取舍，聚散两由之。

二零二零年十月一日

水调歌头·黄河楼

　　临水倚滩立，堤畔筑琼楼。恍如娜嬛宫阙，深院景观幽。更见雕梁画栋，古雅朱扉云牖，望处醉吟眸。尘境如仙境，华丽锦囊收。　　对青山，听天籁，瞰湍流，金碧地标，生态宾旅向神州。博采八方名胜，彰显黄河风韵，兴业做龙头。再续丝绸路，文化载千秋。

二零二零年十月十日

咏　菊

不与群芳竞秀姿，清香飘逸晚秋时。
孤标尘外称君子，含露东篱独放迟。

二零二零年十月十二日

贺皋兰县诗词学会成立

带砺山河有鹿鸣,诗坛又树一吟旌。
同挥椽笔歌时代,镂月裁云陇上行。

二零二零年十月十三日

贺临夏州诗词学会成立

文化多元集俊才,河湟雄镇好音来。
弘扬国粹盟诗会,又看新葩陇上开。

二零二零年十月十四日

晚　秋

叶影参差草木凋,秋风过处落红飘。
天公不解怜花意,偏惹痴人悲寂寥。

二零二零年十月二十四日

题菊花

神韵清奇百态娇，花开无意趁春朝。
衔霜金蕊秋风里，纵老枝头香不消。

二零二零年十月二十五日

采桑子·重阳

又逢秋节辞青日，有约重阳，共度重阳，寄意盈樽菊酒香。　　人生聚散寻常事，岁月沧桑，何叹沧桑，缱绻流年惜晚芳。

二零二零年十月二十六日

卜算子·重阳雅聚

诗酒话重阳，兴会秋风客。走毂飞觞忆旧游，卜韵分南北。　　欢宴意方酣，更约行吟策。待到来年菊艳时，共赏倾城色。

重阳雅聚（二首）

一

座中酒面皆春色，窗外雨余云影黑。
共话重阳意未休，归来觅韵滨河北。

二

才别东篱满目秋，承蒙邀约复登楼。
浅斟低酌添诗兴，感赋重阳觅韵酬。

二零二零年十月二十七日

题　照

恬淡独吟身，怡然自处人。
有怀诗遣兴，穷乐在红尘。

二零二零年十一月十日

题　图

偶见一幅图，陡生几句话凑成一绝：

许你功成社稷臣，难求忠孝两全身。
何如野钓青山畔，做个寻常快活人。

二零二零年十一月十九日

霜天晓角·小雪

适逢小雪，恰见飞琼屑。欹枕拥衾无寐，窗牖外，灯如月。　　四时循八节，逝川流不绝。又是冬来秋去，听寒鸟，啼声切。

二零二零年十一月二十二日

鹧鸪天·最美中文

博大精深汉语文，中华国粹伏羲魂。楚秦歌赋惊天地，唐宋诗词泣鬼神。　　南浦月，洞庭春，清音雅韵古风存。蹙金结绣留佳句，千古篇章启后人。

二零二零年十二月六日

索 居

心中郁结镜中丝，欲说还休抱恙时。
多事之秋聊自乐，一怀愁绪复谁知。

二零二零年十二月二十六日

鹧鸪天·风雨又一年

易逝流光年复年，闭门聊得一身闲。怀山念水留残梦，读雨听风赋短篇。　心曲缱，夜吟寒，孤灯明月结诗缘。鹧鸪声里迎新岁，感慨人生俯仰间。

二零二零年十二月三十一日

寄 语

浮名浮利浮云事，无价人生是健康。
颐养天年心静好，粗茶淡饭又何妨。

二零二一年一月二日

百年红船

南湖烟雨阅沧桑,血铸镰锤日月长。
浪里蓬船开伟业,千秋领渡不迷航。

二零二一年一月二十五日

沁园春·贺党的百年生日

　　滚滚洪流,扬帆伊始,破浪百年。正南湖胜地,风光旖旎;禾城古韵,神采蔚然。回首前尘,激情岁月,雄唱初啼赤县天。苍茫路,载星星火种,红色航船。　　九州换得新颜,率民众推翻三座山。看炎黄裔胄,东方崛起;巍峨基石,风雨如磐。科技兴邦。文明建设,谱写中华锦绣篇。须戮力,更同心筑造,美丽家园。

二零二一年一月二十六日

春　晓

燕莺消息杳冥中,更待故园桃李红。
乍暖还寒飞雪后,一盆绿植种春风。

二零二一年二月三日

漏夜随记

天似穹庐月似舟，春寒一枕夜窗幽。
无由偏是人难寐，愁到多时不觉愁。

二零二一年二月七日

养花即兴

学生送的一盆"白鹤芋"，（又名"一帆风顺"）几日来叶已渐枯。经浇水养护绿植又重新唤发了生机。

阳光沐浴润枯根，琼蕊玲珑返玉魂。
白鹤欲翔花寄语，一帆风顺福盈门。

二零二一年二月十六日

南怀谨·一代大师未远行读后

修禅悟道百家精，通古晓今解惑听。
点亮心灯传信念，南山桃李有碑铭。

二零二一年二月十九日

鹧鸪天·诗词的女儿叶嘉莹

感佩先生风雅兮，转蓬万里志清奇。易安灯火亲承续，唐宋薪传情不移。　修绝学，贯中西，堂前韵律吐珠玑。丹心一片培桃李，文脉绵延岁月弥。

二零二一年二月二十日

致边防军人

敢将热血荐乾坤，赤胆忠心护国门。
烽火边关行使命，硝烟哨卡守晨昏。
危崖肃立风霜影，雪域深留靴履痕。
神圣故疆谁可犯，江山寸土矗军魂。

二零二一年二月二十六日

元宵节有念

一别家园西复东，几多问讯视频中。
儿孙好似他乡客，来亦匆匆去亦匆。

二零二一年二月二十七日

金城卫士

苦练精兵铸盾威,信知汗水为谁挥。
除邪惩恶披肝胆,迎得"春回大雁归"。

二零二一年三月三日

3.8 女神节致母亲

值萱堂九十二寿诞我因就医无奈缺席家庆。借"三八"妇女节之际聊寄小诗一首提前祝贺:

性情淡定与时宜,少小从军别故篱。
慈善为怀多福寿,庆生尚待百年期。

二零二一年三月八日

兰州沙尘暴

飞沙盖地铺天来,放眼人寰万里埃。
一座春城无觅处,浮尘弥漫隐楼台。

二零二一年三月十七日

天净沙·心尘

晴窗映照人家，楼台点缀春华。负却诗怀闲雅，心头笔下，难舒纷乱如麻。

二零二一年三月二十日

春　色

十里春风锦绣铺，朝花含露润如酥，
世间众有丹青手，难绘河山揽胜图。

二零二一年三月二十八日

清明有怀

每忆家严每泫然，羁游天国十三年。
堪虞无力登高祭，唯借小诗当纸钱。

二零二一年四月四日

写 照

此生崇自由,其乐欲何求。
情趣诗中寄,悲欢笔下留。
怜春还恨水,叹月复惊秋。
不问沧桑事,闲吟在小楼。

二零二一年四月十五日

通备隐士收徒仪式题记

情满兰堂礼满樽,师生同聚喜盈门。
相传薪火留佳业,通备精神铸武魂。

二零二一年四月十七日

鹧鸪天·秋吟

已悟生涯一掷梭,朝花夕拾忆蹉跎。饱谙世味交游少,遍阅人寰风雨多。　闲处诵,感时哦,心潮犹似去来波。每逢红瘦知秋意,自向溪山入醉歌。

二零二一年五月五日

鹧鸪天·偶赋

在世焉无岁月侵,衰年不复话胸襟。激情渐息潇潇雨,素抱犹殚耿耿心。　　怀往昔,叹而今,悲欢尽付短长吟,纵然赋得词千阕,谁解高山流水音。

二零二一年五月六日

鹧鸪天·秋吟

离雁纷飞惹别肠,疏林栖鸟唤秋凉。烟霞遮树同花老,野色浮云共叶黄。　　情渺渺,意茫茫,清词拈韵每彷徨。景风依旧凭栏处,几度登楼对夕阳。

鹧鸪天·闲吟

醒亦吟哦梦亦讴,自珍敝帚兴偏幽。悲天渐染额边雪,悯地平添心上秋。　　怜鸟恨,替花羞,何来多感又多愁,雕虫尽付闲情绪,似醉如痴在小楼。

二零二一年五月八日

牡　丹

不求宠幸不邀名，韵压群芳紫气盈。
无意称王夸国色，奈何墨客太多情。

二零二一年五月十一日

鹧鸪天·漏夜独吟（三首）

一

衰惫之躯怎自如，寸眸蒙雾懒翻书。枯肠渐觉诗才尽，踽步方知体力无。　心易乱，气难舒，腰酸背痛勉撑扶。世间焉有灵丹药，医得身强百病除。

二

岁月催人白发增，天年颐养叹何曾。浑身筋骨常疲软，一寸诗心总扑腾。　头晕眩，眼迷蒙，长宵无计享安宁。不堪尘世多烦恼，幸有吟情寄此生。

三

能饭年华饮亦豪，而今粗淡恐三高。温邪虚火肝肠郁，湿痹风寒心肺糟。　常问诊，每徒劳，犹如痛痒隔靴搔。但期妙手除疴恙，再向天涯戏海潮。

二零二一年五月二十日

挽袁隆平院士

神农乘鹤别神州，惊耗江河恨水流。
沥胆披肝经雨沐，冰魂雪魄为民谋。
普天足食终生愿，季稻丰登毕世求。
共忆英姿怀缅处，犹如身影在田头。

二零二一年五月二十三日

悼吴孟超院士

宝刀未老百年心，一缕清风到杏林。
汗洒春秋成大业，胸藏日月淬真金。
扶伤救病倾肝胆，济世醍醐抱素襟。
医学传奇星陨落，尽将碧血化甘霖。

二零二一年五月二十四日

如梦令·落槐

又见刺槐飘絮，散落满街花雨。纵是化尘泥，不绝暖香缕缕。归去，归去，一任感思如许。

二零二一年五月二十七日

如梦令·梦往神游

昨夜小园闲步，憩赏石桥堤路，梦里放游情，梦醒倦身如故。　无助，无助，辜负落花无数。

二零二一年五月二十八日

无　题

几回夜读晓星残，静里乾坤月色宽。
逝水流光天不老，无须向晚说阑珊。

二零二一年六月一日

赏微友发"兰州夜景"又起"故园情"

黄河玉带月华明，耳畔似闻流水声。
溢彩楼台天不夜，果然陇上有金城。

二零二一年六月三日

如梦令·忆旧致友

性本进而知退，修得寸心如水。三两鹭鸥朋，回顾此情无悔。　堪慰，堪慰，行止不关兴废。

二零二一年六月五日

端　午

欢聚端阳酒正浓，去年今日赏心同。
再寻胜处浑无迹，竟是槐安一梦中。

二零二一年六月十三日

题梅兰竹菊

兰有国香梅有魂，菊花傲骨蕴精神。
竹称君子超然立，不负秋光不负春。

二零二一年六月十八日

遣 兴

看破红尘奈若何,忧怀偏作莫愁歌。
人情冷暖忠言少,世事沧桑坎坷多。
慨叹韶光徒荏苒,尽裁瘦句慰蹉跎。
纵如草木随秋老,心有阳春唱踏莎。

注:莎,读音 suō(莎草)。

二零二一年七月四日

山 行

山路弯弯踏翠行,一花一叶总关情。
放怀曲径通幽处,不赋琼英赋落英。

二零二一年七月八日

北京至兰州途中

窗外白云悠，车行向故州。
山光融旷野，水色豁吟眸。
桥路驰轻驾，卧龙作远游。
逍遥方一日，客已到天陬。

二零二一年七月十八日

水调歌头·兰山赏金城夜景

琦阁灯盈目，紫陌草生烟。秋声时隐时现，钟响荡群山。十里风情传送，一派温馨景象，祥瑞满大千。天畔星辰密，云际月儿圆。　　情无尽，思无限，绪无边，感念盎然生气，最美故乡天。纸笔权当琴瑟，奏得高山流水，觅韵自陶然。人在景深处，恍若出尘寰。

二零二一年七月二十日

郑州大雨成灾

万顷阴云雨势狂,瞬间城市陷汪洋。
防洪堤坝重修葺,诺亚方舟再启航。
血肉之躯拦恶浪,军民鱼水筑人墙。
舍身救险同心力,大爱无声奏乐章。

二零二一年七月二十四日

谢吴会长邀聚湘水楼

氤氲霎雳惠风柔,气爽神清好唱酬。
茶淡酒浓言不尽,鸥盟鹭友聚湘楼。

二零二一年七月二十七日

接风有作

心静如初旅雁归,良师益友久暌违。
应邀未饮人先醉,酒韵催诗兴欲飞。

二零二一年七月二十八日

老友相聚

故俦谈笑一欢同，无酒无茶水接风。
莫逆于心皆若此，何需礼数志相通。

二零二一年七月二十九日

球友小聚

乒乓一别又三年，疗疾归来岁月迁。
球友盛邀欢聚处，感怀往事话从前。

二零二一年七月三十日

沁园春·黄河颂

生命之源，地上悬河，祸福无常。感千年治理，开山凿石；几经防护，筑坝围墙。除患通渠，清淤疏浚，闸口排洪飞瀑狂。成大业、始安澜天下，碧水泱泱。　　干流饱历冰霜，载华夏文明日月长。看平衡生态，青山绿水；践行使命，魂梦仙乡。民族精神，英雄胆魄，一往无前向远方。归大海、卷惊涛骇浪，汇入沧茫。

二零二一年八月二日

初 秋

五更残月五更风,枕簟新凉晓色蒙。
卧看星沉云聚散,吟窗秋意鸟鸣中。

二零二一年八月十日

七夕小聚

室雅茶香夜色幽,应邀小聚尽欢酬。
深深院里溶溶月,又照金风玉露秋。

二零二一年八月十五日

贺《黄河诗社》成立暨《黄河诗阵》创刊

龙脉卧风烟,潮声涌大川。
河湟华夏史,洛水仰韶篇。
情韵群山越,吟涛九域连。
伏羲文化继,璀璨万千年。

二零二一年八月十九日

贺《黄河诗阵》公众号创刊

边塞豪怀大漠风,弘扬国粹放歌中。
能源流域联诗阵,情系黄河一脉通。

二零二一年八月二十三日

鹧鸪天·接"黄河诗社"成立暨《黄河诗阵》微刊创刊仪式邀请函有感

且喜吟坛又树旌,鸿俦雅集共嘤鸣。千秋诗浪千秋梦,万里黄河万里情。　迎素友,聚群英,高山远水载歌行。新声讴颂新时代,宋调唐风撼九瀛。

二零二一年八月二十六日

应邀参加《黄河诗社》成立暨《黄河诗阵》创刊仪式有作

结社吟坛正盛秋,辞林硕果满枝头。
诗怀情载黄河韵,倾吐心潮向九州。

二零二一年八月二十八日

咏东营黄河入海口

湿地公园草路香,黄河故事有琼章。
出山浪涌昆仑雪,拍岸涛浮琥珀光。
秦岭逶迤经络脉,东营秀丽鹳鸥乡。
巨龙入海归宗处,天赐奇观日月长。

二零二一年八月三十一日

情系黄河

生命之源民族魂,千年文脉共寻根。
水为浓墨山为笔,续写黄河故事存。

二零二一年九月一日

凤凰台上忆吹箫·感秋

雨共云愁,鸟同蝶恨,风中花落香残。闻鹈鸠、声声鸣唉,难唤春还。休使诗思吟绪,随飘絮,散若尘烟。谐幽韵,千行拙句,几许清欢。　　每对风花雪月,难轻负,何穷意远情娴。凭谁诉,神游四海,笔走群山。最是人生难悟,无限事,未若超然。心如水,淡泊静似安澜。

二零二一年九月五日

中秋节黄崖山雅集

黄崖山雅集拈韵得"福"字

黄崖兀立山如簇,寺庙登临祈五福。
古镇青城细雨中,放情坐举天涯目。

赴黄崖山途中

趋车环绕傍崖行,野草飘香野花盈。
流水有魂山有韵,客怀又动望乡情。

游青城黄崖山

古城宛若画中诗,觅韵黄崖引步迟。
无边风物遥望处,秋山秋水惹秋思。

青城中秋雅集

大河流韵卷黄波,激荡心潮共咏哦。
正是中秋诗意爽,陇原无处不飞歌。

青城黄崖山一日游

长空隐日华,云影漫天涯。
古镇街衢净,荷塘景物佳。
石山泉滴沥,庙宇境幽遐。
细雨缠绵处,秋思落佛家。

秋游黄崖山

古镇重游野菊黄，高原别有白云乡。
千年宅院千年迹，十里荷塘十里香。
俚曲西厢流韵远，民间故事引思长。
石崖滴水留连处，犹见祥云舞凤凰。

鹧鸪天·游青城黄崖山感赋

野菊参差野草青，秋高乘兴作山行。黄崖初访仙缘界，古镇重游民俗城。　　商埠地，艺乡名，人文风土总关情。犹酣意绪留题处，墨韵淋漓香欲凝。

虞美人·中秋雅集

轻寒迎节山中聚，听鸟花间语。闲庭茶话意无穷，满目菊黄草绿露华浓。　　秋怀更比秋风爽，寄兴情酣畅。归来琢句在高楼，诗意人生得此欲何求！

二零二一年九月十九日

秋 声

情满吟怀寂满楼,路灯闪烁夜窗幽。
缠绵思绪如丝雨,风农芳尘又送秋。

二零二一年九月十九

青城归兰途中观景

涵空罩薄纱,草漫水之涯。
游绪心如醉,乡情意可嘉。
旷途人尽望,夜景客争夸。
云汉朦胧里,依稀见月华。

二零二一年九月二十日

清秋夜吟

灌丛蝶隐落花眠,最惹秋思九月天。
草际鸣虫随夜寂,云间蟾月向人圆。
街声初静神凝远,更漏渐深情渺然。
次韵重阳诗已就,依稀鸟语隔晨烟。

二零二一年十月八日

重阳闲吟

重阳节感怀

民俗民风美德传，立身百善孝为先。
文明古国桑榆礼，尊老敬亲年复年。

重阳日有作

礼义重温节庆时，只言孝道不言慈。
老吾老以及人老，华夏文明尽入诗。

蝶恋花·秋游

重九吟秋秋几许，访菊篱边，采撷凝香句。只恐黄花成乱絮，落英无意空飞雨。　　行到石桥闻鸟语，水色山光，引得游凫聚。望断征鸿留恋处，云霞又卷斜阳去。

二零二一年十月十四日

水调歌头·咏庐山

盘亘横如岭,侧看又成峰。鄱阳湖畔名胜,享誉古今同。三叠流泉奇景,四纪冰川地貌,鹤舞鸟栖桐。白鹿尚书院,理学振文风。　　锦绣谷,仙人洞,卧云松。远离闹世,聊借净土隐诗雄。着意幽芳野趣,感赋江天佳境,酣笔墨犹浓。青史多遗迹,尽在此山中。

二零二一年十月十六日

无　题

韶光总被秋风误,最惜莺啼春几度。
纵把浮生万事抛,尚留诗兴难辜负。

二零二一年十月二十二日

致奋战在"抗疫"一线的所有工作者

战疫共投身,齐心涤劫尘。
系情扶病患,勠力送瘟神。
踏落星和月,奔劳夜复晨。
请缨担使命,多少逆行人。

二零二一年十月二十六日

兰州全民战疫有感

为防毒疠锁重楼，咫尺天涯失鹭鸥。
感见全民同战疫，回春再向五湖游。

二零二一年十一月二日

鹧鸪天·炮击紫石英号军舰

　　城下之盟膝下卑，主权割让敞门扉。清廷庸弱蒙屈辱，民族英雄解殆危。　　挥巨手，响惊雷，炮轰敌舰凯旋归。驱除列霸开新纪，捍卫中华振国威。

鹧鸪天·西柏坡

　　红色摇篮故事多，追寻真理众心和。一方圣地东屏幛，全党核心西柏坡。　　将革命，息干戈，乾坤再造好山河。老区孕育新中国，留下辉煌一段歌。

二零二一年十一月十三日

贺党的十九届六中全会闭幕

百年奋斗写华章,把舵红船再起航。
民族复兴凝聚力,共襄伟业铸辉煌。

二零二一年十一月四日

兰州解封

霓灯烁烁月华明,车满道衢人满城。
重启家园封解后,宛如火鸟涅槃生。

二零二一年十一月十六日

宋庆龄

革命先驱许国身,共和新制奠基人。
奉行信仰追随党,拓展三民主义真。

二零二一年十一月二十二日

感　怀

岂料问医年复年，孰堪病榻久缠绵。
如今见惯风和雨，祸福由他不怨天。

二零二一年十一月二十六日

八声甘州·彩虹张掖

隐斑斓色彩陡崖中，雨后耀霞光。看焉支山下，炊烟缭绕，鸟语花香。魏晋遗风处处，碧树掩红墙。更有祈连柏，傲雪凌霜。　　放眼河西重镇，有明痕汉迹，古墓禅房。叹长城断壁，无语诉沧桑。想当年，贫黎瘠土，几多时，草美牧牛羊。今成就，旅游胜地，鱼米之乡。

二零二一年十二月一日

冬 至

冬至大如年，盘飧祭上天。
琼筵迎吉日，别岁写红笺。

二零二一年十二月二十二日

唯诗难弃

消得流年岁又除，蓬心日渐懒翻书。
唯诗难弃情依旧，韵里徜徉意自如。

二零二二年一月二日

落日余晖

夕阳欲坠耀斑斓，知是余晖瞬息间。
焉得长缨天畔系，不教红日落西山。

二零二二年一月三日

古城抗疫必胜

又见空城草木残,不堪病毒虐长安。
西京齐聚回春手,信可尽驱秦岭寒。

二零二二年一月六日

鹧鸪天·古都西安

京兆遗风大汉魂,长安情结展人文。华清池壮骊山景,钟鼓楼遗岁月痕。　兵马俑,帝王坟,唐宫不夜客盈门。关中古道通丝路,历史名都龙脉存。

二零二二年一月八日

一剪梅·咏黄河

滚滚黄河水路悠,腾泻昆仑,径向山陬。蜿蜒曲折望无头,穿越高原,惠泽神州。　大浪淘沙万古流,积淀文明,谱写春秋。长川望断豁吟眸,为赋新词,又上层楼。

二零二二年一月二十二日

随 吟

草木本无心，何愁岁月侵。
听风敲竹韵，花雨伴诗吟。

二零二二年一月二十六日

闲 题

拈来清韵洗心尘，恬淡风标性本真。
但得人生佳境界，当持弱德自修身。

二零二二年一月二十八日

一剪梅·庆新春

虎步腾骧动厚坤，草木逢春，燕雀鸣春。东风已返玉梅魂，千里清芬，万里清芬。　　重换桃符拜灶神，旧岁更新，故国迎新。贺年接福客盈门，聚也纷纷，散也纷纷。

二零二二年二月一日

咏冬奥会

结缘冰雪架长虹，圣火重燃映碧空。
歌咏神州人意共，诗吟奥运贺声同。
秉承使命铺浓墨，拼搏精神向顶峰。
为国争光鸿鹄志，健儿圆梦展雄风。

二零二二年二月四日

观冬奥会开幕式有感

冰做桥梁雪做舟，人文奥运系寰球。
和平友谊同传递，圣火重燃照五洲。

二零二二年二月五日

观笼中虎有作

笼中困虎也非猫，伏踞扑腾山岳摇。
自显神威趋吉利，可携祥瑞避凶妖。
千年星宿声名赫，百兽之王气势骄。
纵落平阳孤胆在，一声长啸起狂飚。

二零二二年二月八日

无 题

为诗每遣梦魂销,乐得吟心卧枕高。
寄意湖山闲纵笔,临窗听雨响春涛。

二零二二年二月二十六日

金城之春

燕雀逐春

燕雀翻飞逐柳风,新枝吐絮露光融。
青山传送春消息,人在寻芳觅韵中。

杏花烟雨

万顷氤氲隐浅山,祥云紫气满人寰。
杏花烟雨凝香露,燕语声声报春还。

春沁小园

一庭新雨伴新雷,翠柳吐丝旧燕回。
春沁小园香染袖,有人枝下数缃梅。

莫负东君

岁岁春归岁岁歌,诗花墨雨缀山河。
长郊觅得幽闲境,莫负东君唱踏莎。

故园春暖

柳吐新芽舞碧丝,故园春暖露华滋。
烟岚芳陌青莎浅,正是桃花欲放时。

落日长河

又见晴晖染绿枝,落日长河寸心驰。
游怀多少探春意,借得韶光好赋诗。

放歌陇上

雅韵同拈曲共鸣,放歌陇上踏春行。
黄河诗阵吟潮涌,万里鸥盟万里情。

青青草色

野外山花次第开,青青草色近楼台。
笙诗琴韵情无限,诗祝春携好运来。

路边拾韵

柳堤闲步踏春阳,十里花明十里香。
蝶意莺情知几许,路边拾韵入诗囊。

信步滨河

清穹如洗白云微,春水翻波浸碧辉。
信步滨河闻笑语,黄童戏逐纸鸢飞。

倚窗听雨

草有芳魂树有神,重山复水更宜人。
倚窗听雨诗情惬,消遣金城一段春。

情系轩辕

长风破浪卷春波，黄水新谣且放歌。
情系轩辕连九域，诗盟同唱母亲河。

掞藻飞声

春风化雨绿枝头，汉韵唐音荡九州。
掞藻飞声传海外，黄河文化广交流。

满目青梯

满目青梯恍出尘，高低错落几层春。
休夸鬼斧神功巧，当赞开山造地人。

探胜寻幽

探胜寻幽到浅山，岚烟缥缈自悠闲。
果园一片飘香远，春在梨云杏雨间。

金城春色

城郊花好草茸茸，大地复苏佳气浓。
寸水尺山皆入画，春声引得客思重。

春风解意

信步河滨引绮思，悠然最是踏青时。
春风似解吟游意，频送清芬入小诗。

透帘春晓

一抹丹霞耀碧穹，透帘春晓鸟声中。
远山含黛吟情好，倚向芸窗看雁鸿。

九域同歌

金城三月景怡人，草木初萌雨露臻。
九域同歌流韵远，黄河吟啸报新春。

陇山陇水

淋墨当歌笔作弦，陇山陇水总情牵。
东君着意裁春色，景酿乾坤锦绣篇。

又是花期

又是花期正好时，紫藤架下数新枝。
赏心偶得凝香句，一半诗情一半痴。

满目琼英

满目琼英秀可餐，黄鹂声里百忧宽。
心香一瓣何由寄，不在枝端在笔端。

二零二二年三月十八日

蛰　居

长街十里少行人，又负芳菲四月春。
感喟居家无所事，遣诗抗疫送瘟神。

二零二二年三月二十日

清明祭父

杏雨牵魂柳系思,春寒又起断肠时。
父碑难扫遥相祭,岁岁清明岁岁诗。

二零二二年四月四日

题图诗

一

幽静小园春色酣,朦胧夜色露华涵。
月悬云汉风摇梦,鱼逐涟漪柳拂潭。

二

湖光水色自逶迤,烟柳婆娑景物奇。
风动清波花弄影,伊人对月诉心期。

二零二二年四月十一日

无 题

三载深居几近痴,忘忧唯有独吟时。
人生逆境知多少,留得无题感遇诗。

二零二二年四月十八日

怀念中国女排原国手陈招娣

冰心一片玉精神,不负韶华报国身。
巾帼英雄肩使命,体坛拼搏献青春。

二零二二年四月十九日

北京街头所见有感

大厦次邻无尽头,街衢漫步雨初收。
心忧檐燕归何处,难觅当年小阁楼。

二零二二年四月二十一日

贺第十一届恭王府海棠雅集

海棠吐艳缀新枝,正是阳春最好时。
王府沧桑留史话,攀今揽古万千诗。

鹧鸪天·第十一届恭王府海棠雅集

鼎盛中华筑梦中,又逢雅集共雕龙。百年王府声名赫,双奥之城圣火熊。　庭院美,海棠红,花开时节会诗鸿。新词赞美新时代,天地豪情唱大风。

二零二二年四月二十四日

鹧鸪天·浅茗闲吟

无意高怀做雅人,偏生寻绎乐吟身。几多啸傲湖山梦,留作雪泥鸿爪痕。　怀日月,鉴乾坤,总将清韵洗心尘。诗成只为抒胸臆,得句何求泣鬼神。

二零二二年五月二日

文化源头

大河文化重耕桑,民族根魂著史章。
九域融和天地气,同源一脉系炎黄。

二零二二年五月十二日

题凤林山馆

大雅美居无俗尘,书香茶韵四时春。
依山傍水烦嚣远,也做东篱赏菊人。

二零二二年五月十六日

题王水合先生书赠虎字

入木三分落笔惊,雄风濡墨寄高情。
妙书神韵传祥瑞,纸上如闻虎啸声。

二零二二年五月二十六日

端午怀屈原

图腾祭日动情思,正是灵均殉国时。
忠魄徒留千载恨,几人解得问天诗。

二零二二年六月二日

端午节雅集

邀约饮茶湘水楼,朋侪小聚尽欢酬。
诗缘不解林泉韵,觞咏兴怀乐未休。

二零二二年六月四日

酒泉之行

应邀欣往酒泉行,天有祥辉地有情。
贤棣挚真深厚意,礼于武德寸心倾。

二零二二年六月十日

鹧鸪天·初访红泥苑

仲夏登高聚五泉，绿荫深处有桃源。一方乐土逍遥地，万顷氤氲锦绣天。　庭宇雅，果蔬繁，漫寻野趣不思还。芳藤架下听花语，鸟自幽鸣人自闲。

二零二二年六月十七日

无　题

人生不复问穷通，万物兴衰一笑空。
浮世从来多聚散，前尘旧梦有无中。

二零二二年六月三十日

鲁冰花

流霞铺锦满山岗，恬淡清新吐暗香。
百紫千红呈异彩，妖娆不逊牡丹王。

二零二二年七月一日

牡　丹

东篱锦簇醉秋风，独占花魁百卉中。
魏紫姚黄诗画里，娇妍最是洛阳红。

二零二二年七月二日

黄　河

大浪淘沙万古流，黄河故事话春秋。
精神纽带龙文化，根脉同源系九州。

二零二二年七月二十日

栖云田园小镇漫游

一

葳蕤花海正欣欣，浮翠流丹草木熏。
觅得田园林壑趣，联诗酬韵赋栖云。

二

景物神奇瑞色明，异乡忽动故园情。
他年若得诗心在，再访栖云作短行。

二零二二年七月二十七日

忆 父

一

少小得偿戎马志，跋山涉水历长征。
不辞倥偬披肝胆，四海为家寄此生。

二

驰骋疆场任纵横，历经战火誓师征。
硝烟洗礼追随党，一片丹心一片诚。

二零二二年八月一日

参加栖云小镇楹联暨花海诗遴选评审会有感

又访缤纷锦上田，吟朋会聚选诗联。
凝香清韵多佳句，装点栖云别有天。

二零二二年八月十八日

《黄河诗阵》1周年庆

同倾热血谱春秋,结阵诗坛岁已周。
笔底墨端扬国粹,雨今云古竞风流。
高情远意兴难了,浅唱低吟乐未休。
韵汇长河歌不断,可期更上一层楼。

二零二二年八月二十二日

咏西安城墙

崇墉百雉戍皇城,雄立唐都瑞色明。
楼堞登临舒浩气,山墙伫望荡心旌。
青砖满载沧桑史,灰瓦深藏故国情。
固若金汤涵厚重,遗风古朴属西京。

二零二二年八月三十日

中秋节闲吟

今年中秋佳节独自在医院度过,这里的中秋静悄悄……

斜辉凝暮渐黄昏,树树秋声鸟失魂。
佳节独吟难寐夜,且邀明月到清樽。

二零二二年九月十日

鹧鸪天·赞绿色宁夏

草木盈眸不染尘,蝉鸣鸟语送晨昏。人文生态清幽境,沙色湖光浩荡春。　　烟水韵,远山痕,一丘一壑亦销魂。农耕游牧黄河畔,绿色家园无垢氛。

二零二二年九月十一日

虞美人·秋日登高观景

九华凝露秋光透,山水还依旧。登临琼阁自凭栏,遥向蓬蒿深处望隄川。　　云遮雾罩添诗意,多少烟霞气。大河浪卷大河风,情韵悠长吟赏画楼中。

二零二二年十月四日

鹧鸪天·清秋

一径残芳一径风，氤氲天地景朦胧。心随叠浪三千里，目断层峦几万重。　　思不已，意何穷，枯肠酌句付诗鸿。纵然磨尽黄河水，难诉秋情秋兴浓。

二零二二年十月七日

蝶恋花·闲吟

最爱小楼听细雨，洗涤心尘，倒惹闲吟绪。化作情丝千万缕，撷来七八涂鸦句。　　已是残枝飞落絮，曾几何时，静美春如许。休道人生如苦旅，明朝又踏红尘去。

二零二二年十月十日

贺党的二十大召开

京城十月沐金风，盛会迎新气象雄。
民族复兴担使命，锤镰更铸党旗红。

二零二二年十月十六日

秋　游

烂漫吟怀烂漫游，晚花涵露带霜收。
山光水色难描绘，又道天凉好个秋。

二零二二年十月二十八日

鹧鸪天·诗酒吟

把盏飞觞忆谪仙，古今诗酒有渊源。微醺淡似云溪水，酣美浓如醽醁泉。　　香郁烈，味醇绵，国风流韵醉千年。一觞一咏春秋颂，豪饮狂吟总是缘。

二零二二年十一月八日

蛰居信笔

一

幽居小宅自怡神，吟雨听风物外身。
何若古贤诗就梦，也当半个弄毫人。

二

情蕴于诗每入神，蛰居亦自善其身。
清心不问非常事，且做闲云快活人。

三

山有空灵水有神，寄情于景醉吟身。
皆因世界遭瘟疫，权且归巢避世人。

四

不问春秋不问神，居家养性自修身。
可期送得瘟君去，再敞心扉会友人。

二零二二年十一月十一日

无　题

何日愁城可解围，骇人信息漫天飞。
纵然真假难分辨，应识民心不可违。

二零二二年十一月二十八日

蛰居闲吟

春风秋雨怎消磨，无寄生涯感慨多。
防疫逐年诗作伴，词穷焉得慰蹉跎。

二零二二年十一月二十九日

鹧鸪天·咏河津

水韵山魂瑞气融，建都七世物华丰。黄河津渡龙门浩，秦晋咽喉岳色隆。　　留翰墨，起吟风，人文渊薮古今同。传奇续写新时代，再铸辉煌逐梦中。

二零二二年十二月二十八日

题　照

人生几度共春花，倏忽朝阳变落霞。
任是光阴如逝水，留将寸照驻韶华。

二零二三年一月九日

鹧鸪天·咏兴化古镇

古邑新容瑞色明，吴山楚水放歌行。千年史迹华章续，一代儒宗大雅倾。　　乡韵美，政声馨，凡尘枝叶总关情。文风昌盛传龙脉，源远流长享盛名。

二零二三年一月十二日

小年逢雪

轻絮自纷纷，飞花不是春。
银装埋污淖，焉可涤心尘。

二零二三年一月十四日

居家闲吟

寂寞闲庭寂寞天，深居犹似出尘缘。
闭门修性逾三载，岁月空流叹逝川。

二零二三年一月十九日

寄　赠

小篇聊寄一枝春，自古诗词可度人。
律似涌泉流不尽，每将清韵洗心尘。

二零二三年一月二十二日

减字木兰花·诗词如歌

唐音谐律,荡气回肠流韵笔。宋调铿锵,赋得佳篇吐凤凰。　山情水意,诗绪闲吟心有寄。岁月长河,一段春秋一段歌。

二零二三年一月二十七日

诉衷情·元宵节寄语

上元月满故乡天,又惹梦魂牵。几多别怨离恨,更待启归帆。　终有日,解凝寒,共婵娟。龙灯当祝,一统中华,血脉团圆。

二零二三年一月二十九日

《青城诗词》微刊创刊1周年分韵"琴"字以贺

故园诗话故园心,时代新声陇上吟。
锦绣山河歌不尽,豪情深处韵如琴。

二零二三年二月一日

咏石榴

祥光瑞色满金柯，露润红笺结籽多。
灿若云霞莹似玉，相依相抱众心和。

二零二三年二月六日

黄　河

血沃中华向远歌，千年诗脉母亲河。
奔流不息鸣涛处，阅尽世间风雨多。

二零二三年二月八日

黄　河

昆仑一泻越千山，飞浪涌涛天地间。
涤荡泥沙归大海，长留浩气满人寰。

二零二三年二月九日

观雪景有感

山河抱恙山河咽,万里飘浮白雪纱。
天地有情凝肃穆,银装素裹到天涯。

二零二三年二月十三日

"二月二龙抬头"应邀欢聚黄河风情园

方迎瑞雪送春回,又敬祥龙共举杯。
吉日欢酬吟绪好,旧词新唱赋琼瑰。

二零二三年二月二十二日

惊　蛰

红情绿意鸟先知,何处天声启蛰时。
借得春风香一缕,撷来芳韵赋新词。

二零二三年三月六日

清明祭父

一从家父别红尘,诗悼清明十五春。
但愿焚香家祭处,酹觞当告可通神。

二零二三年三月三十日

临江仙·春日闲吟

　　白絮纷飞梅几许,春回大地无声。东风已透叶芽萌。心随云水动,情在雪中凝。　　长忆流年轻笑掷,消磨如寄人生。红尘一梦自堪惊。不妨闲觅韵,诗海棹歌行。

二零二三年三月三十一日

踏　青

红香铺地绿接天,鸟语花香又一年。
最引诗情池畔柳,垂丝飘絮吐缠绵。

二零二三年四月十二日

忆与女儿同游杭州夜市

漫步衢关踏落晖,杭城秋老晚风微。
小街集市同宵夜,一夕游闲戴月归。

二零二三年四月二十日

纪念毛泽东诞辰130周年

高山仰止与天同,缔造中华绝代功。
重整河山成大业,留存伟绩世人崇。

二零二三年四月二十二日

无 题

半生梦醒半生痴,老去何须念旧时。
人与春风皆过客,悲欢离合任由之。

二零二三年四月二十八日

寄 远

往事如烟有若无,燕山旧迹已模糊。
问梅消息知多少,更待相期会紫都。

二零二三年四月二十九日

福乐泉小聚

欢迎张克复老会长琼海回陇暨张平生社长新著出版"五一"雅集拈韵得"兰"字有作:

雅聚满堂欢,雄文涌笔端。
阳春逢白雪。空谷出幽兰。
谈古林泉好,论今天地宽。
诗心情不老,兴会在吟坛。

二零二三年五月二日

随 吟

行歌陇上送流年,槛外吟魂物外天。
觅得清欢拈韵处,书香缱绻结诗缘。

二零二三年五月十三日

致兰州北辰教育 20 周年校庆

倾情振铎启心蒙,授业传薪树教风。
廿载非凡风雨路,杏坛别有一枝红。

二零二三年五月十五日

端午随吟

粽情节味感民风,又溯沅湘意万重。
一曲《离骚》千古颂,心香更比艾香浓。

二零二三年五月二十日

鹧鸪天·端午节怀屈原

忧国堪悲白发侵,难将天问涤烦襟。耕云种月胸中壑,淡远清微物外心。　香草赋,楚辞吟,千年端礼到如今。小庭别院风吹柳,恍若诗魂弄古琴。

二零二三年六月二十日

感古诗词之美

华篇留世韵留芳,妙语天成吐凤凰。
秦火焚诗烧不尽,人生有味是书香。

二零二三年六月二十三日

闲　吟

夏咏牡丹春赋梅,雕风镂月觅琼瑰。
纵情山水云为伴,潇洒人生走一回。

二零二三年六月二十七日

鹧鸪天·闲吟

婉转清扬白雪音,古风流韵酿成金。诗情难了痴痴意,素抱犹存耿耿心。　如梦令,醉花阴,撷来片句豁胸襟。人生忧乐知多少,几度闲庭对月吟。

二零二三年七月十五日

贺北京体育大学70周年校庆

漫卷风云入壮怀,簧门书剑筑高台。
芳华七秩同相贺,再展宏图向未来。

二零二三年七月二十三日

致李枝葱会长

秋水文章不染尘,可亲可敬性情真。
如师如友推诚待,学海堪当引路人。

二零二三年七月二十六日

西江月·初访广河

　　仿若山河画卷，堪称陇上江南。亭台水榭倚桥涵，满目葳蕤潋滟。　　民族交融纽带，齐家文化摇篮。寻根溯祖意犹酣，大夏风情尽览。

二零二三年七月二十八日

参观齐家文化博物馆齐家文化遗址

　　陶罐玲珑日月长，铜壶无语诉沧桑。
　　访游领略齐文化，遗址归来展齿香。

二零二三年七月三十日

沁园春·燕赵大地

　　雄踞中州，通达九省，镇控三关。有珍稀文物，玉衣金缕；瑰奇风貌，湖泊高原。北国粮仓，京畿重地，燕赵精神载史篇。多典故，看寓言故事，学步邯郸。　　长城屹立千年，叹陵谷沧桑俯仰间。感荆歌慷慨，情牵易水；山河灿烂，梦绕家园。济济英才，芸芸志士，一片乡心一片丹。书不尽，纵摘词难赋，胜迹名川。

二零二三年八月十八日

踏 秋

最美人间八月秋，金风含露送清幽。
欲寻佳境休心憩，为赋新词觅韵游。
青山远黛舒锦绣，雏菊傲骨吐芳柔。
斑斓花海香飘处，引得痴蜂醉垄头。

二零二三年九月五日

紫韵闲吟集题后

一

身在红尘诱惑多，难将心志付蹉跎。
情怀焉可随人老，聊自闲吟唱旧歌。

二

禅心无意问穷通，梦雨流云一笑空。
世事悲欢情几许，权将感悟付雕虫。

三

诗书漫理任人评，词赋难求落笔惊。
敝帚自珍流水意，文心一片作嘤鸣。